U0927118

心如直弦——一个青年学人的德国札记

PARRESIA

Aufzeichnungen *in* Deutschland

张振华 著

上海三联书店

"真理必叫你们得以自由"
——弗莱堡大学主楼铭文①

① 语出《新约全书·约翰福音》

目录

德国札记

2009年9月29日星期二

在德国的第一晚，睡一阵醒一会儿，总体还好，没有想象中糟糕。5、6点钟的时候就差不多完全醒了。听见窗外有乌鸦在叫，隔一阵就叫几下。在来Bollschweil[①]的路上我跟房东还说道“爱屋及乌”。另外还有其它什么不知名的鸟也时不时伶俐地叫几下。后来发现那是喜鹊。然而我住的这条街叫“布谷鸟的澡盆”（Kuckucksbad Straße）。

8点多的时候房东上班去了，我就开始起来活动。

---

① 德国西南部的村庄，距离弗莱堡市30分钟车程，我在德国两年居住的地方。

先给老妈打了个电话，从声音看现在老妈应该不像我还没落地时那样担心了。

9 点多一边开着海德格尔朗诵荷尔德林诗歌的录音，一边热牛奶。然后吃面包、奶酪、火腿片，发现自己好饿。10 点不到吃完早饭，开始整理和计划我近期要干哪些事情。

2009 年 10 月 1 日星期四

今天是中华人民共和国建国 60 周年。我跟房东说中国将有非常盛大的庆祝活动。10 月 3 日是德国的国庆，房东说德国的国庆就没有盛大的庆祝。

德国这边的学术研究已经很成熟，对中国学者来说跟在后面搞研究是多么容易。这不是说不用花功夫，有些学者还因此相当勤勉努力（海德格所说的学院活动）。这里的“容易”是指一种本质上的基于道路已然得到现成开辟意义上的容易。

今天碰到的办保险的那个人去过北京，他说他会说的唯一一句中文是“一瓶啤酒”。

房东说她的一个朋友见过海德格尔，那个人听说我的情况后非常惊讶，说一定要和我聊聊。

2009年10月2日星期五

今天逛了书店。Rombach书店里没有哲学类的书，只有灵修类的书(Neues Bewusstsein)。Herder书店里面的哲学书也不多，海德格尔全集也没有，只有《路标》和《形而上学的基本问题》。

今天在书店买了第一本书，打五折的海德格尔致艾尔芙丽德的信[①]。我买书好像更多的都是纪念性质而不是使用(消费)性质。

在Herder书店门口的长椅上看到胡塞尔档案馆的Friedrich。发现他对和我谈话不是很感兴趣。他说很多中国大陆的人、台湾人、日本人来这里学习海德格尔，他表示出极大的疑问。我没有仔细想过这个问题，随口回答说因为海德格尔的风格容易为我们所了解。他又进一步问为什么，我说因为它像艺术。

【2009年10月4日：这个问题今天早上又想了一下，也许因为东方思想极其擅长于透过“存在者”而思“存

---

① 艾尔芙丽德(Elfride Heidegger, 1915—1970)是海德格尔的妻子，两人的通信选摘由海德格尔的孙女格特鲁德(Gertrud Heidegger, 1955—)在2005年整理出版(中译本:《海德格尔与妻书》，常晅 祁沁雯译，南京大学出版社，2016年)。

在”。海德格尔思想中，特别是后期，那种柔和性是跟东方特别具有相通可能的。

2010 年 9 月 28 日：但是海德格尔本身在西方也是一个异类，我们和海德格尔“相通”又如何？通过这种表面的相通来找回良好的自我感觉？如果中国思想是如此之精妙、高深，我们为何如今从国民素质到科学技术到思想状态到政治环境都是如此之落后和让人颓丧？经典文本中所说的那种大人、君子，如今何在？为什么我们产出不了这样的大人、君子？从什么时候起中国失去了产出的力量？现实是压迫性的，思想必须具有现实质量，如此才是强有力的思想。】

中国的 60 周年国庆上了德国 *Badische Zeitung*（《巴登报》）的头条。里面有篇文章的标题是 Stärke（德语：强大）的展示。

下午在书店门前看到十几二十个德国农民游行。旗子上面写 Milch（德语：牛奶）。两个警察走在前面开道，后面跟着一个骑警。游行的车上坐着一个农民，手里拿根很长很大的皮鞭。其它农民们有的拉车，有的散发白色传单。整个队伍看起来像一场表演。

2009年10月3日星期六　德国统一日

[颜色]

德国的颜色都是明亮的单色，汽车，衣服，雨伞。

由此想到的是乾卦的“动也直”。

[路不拾遗]

今天去山上漫游（德国人称之为wandern）的时候路过屋后Ölbergweg的路口，看到一户人家的门前摆了好几袋苹果。回来又经过的时候才发现这是别人在卖苹果。一个框子，四袋苹果，每袋重2公斤，卖2欧。框子的前面摆了一个放钱的小铁盒。我挑了一袋回去，心想，这不就是路不拾遗的古代理想吗。这放在当代中国是绝不可能的事情。

看到大片玉米地的时候想起了梵高的画，对艺术的敞开境域的意义若有所悟。艺术让我们接近存在着的事物的“存在”。没有梵高的画，我们依然能感受到某种东西，但是这种东西是黯然无言的，它只在孕育中而没有诞生。艺术家的工作和意义在于使这些朦胧无言的东西诞生（Austrag）。艺术教我们说话。

[问候]

山上漫游的时候碰到路过的人大家都会互相打招

呼，这在国内也是不可能的。我们的国人确实没有形成一种公共空间，大家都更多地陷没在私人性中。

【2010 年 9 月 28 日：在德国形成了公民自治的传统。他们有各种大大小小的组织。比如在 Ehrenstetten 要建一个防止洪水的设施，都有公民集会进行讨论，影响政策的制订。这唤起了每一个公民对周遭世界和共同社会的一种自主意识，由此形成了一个人与人的公共空间。每一人在这个空间中都是一个受重视的、明亮可见的独立个体（参见阿伦特《人的境况》）。】

2009 年 10 月 7 日星期三

下午去系里图书馆看了一下，没什么书，哲学家的个人著作都不在里面，除了亚里士多德和柏拉图，其它基本上都是通论性的或者词典什么的。到弗莱堡第十天了，没有看到过海德格尔全集。

【2009 年 12 月 26 日：后来发现是我进去以后拐错了弯，应该往左拐，不是往右。右面是教育系的图书馆。而教育系的图书馆之所以和哲学系的图书馆建在一起，很可能跟欧根·芬克①有关。芬克非常重视教育哲学，如今的芬克档案馆也建在弗莱堡教育高等学院内。】

① 欧根·芬克（Eugen Fink，1905—1975），德国哲学家，胡塞尔和海德格尔的学生，对胡塞尔开创的现象学运动具有重要影响。

今天稍微看了一下明斯特教堂(Münster)。这座已经有几百年历史的大教堂在1944年11月27日弗莱堡全城遭受空袭的时候奇迹般地没有受到任何损伤。有人认为这是上帝的保护。但据说其实因为教堂是地标建筑,如果炸了轰炸机就找不到目标了。

教堂的确给人的感觉不一样。我去的时候已近黄昏,笔直耸起的教堂,其墙面的质地让人感到冷肃。教堂的建筑装饰无比复杂、精致,每一个建筑细部都可以好好观察和研究。教堂大门前有三根柱子,柱子上有三个雕像,现在还不知道他们是谁。教堂大门的正前方是一个喷水池,我今天就一直坐在上面,听教堂的钟声赋格曲般一层层响彻弗莱堡上空。教堂大钟的时间不太准确,其钟响的时间我也无法确定。钟对西方而言包含着什么意义呢?

我真想一直坐在那里,和这片地方融为一体。坐着看来往行人,听面前的外国浪流歌手唱歌,我一遍遍地叨念,"我在弗莱堡,我在弗莱堡"。这是一种奇怪的感觉。就好像我刚才还在中国,还在上海,然后就被一只巨大的手突然从地面拔起来,横向移动了12个小时,又竖直地被放置在弗莱堡明斯特教堂大门口前的喷水池池边。现代技术已经消灭了道路性的、去远性(海德格尔语,见《存在与时间》)的距离,没有经过,没有过程,没有跋山涉水,只有电灯开关式的离开和到达。无根之物。

2009 年 10 月 9 日至 2009 年 10 月 10 日

马尔巴赫(Marbach),海德格尔协会会议,主题海德格尔与文学。

一个韩国人,韩忠诛,DAAD(德意志学术交流中心)过来读博士,已经待了一年。学过德语、英语、法语、意大利语,现在还在学希腊语。

一个对阅读海德格尔充满热情的,具有美国气质的德国人,英语老师。曾经学习过神学因而接触海德格尔。我在 Schillerhof 旅馆吃早饭的时候碰到他,然后两个人隔着一张桌子,边吃早饭边聊海德格尔,聊得很尽兴。他有自己的阅读海德格尔的方式。他说他两个月前读了菲加尔[①]的《自由的现象学》,从头到尾都不同意这本书,认为这本书是错的。他对 Figal 今天的演讲也有异议。他认为海德格尔后来放弃了现象学。

他是一个好奇、热情而有趣的人,不像传统的德国人。【2012 年 1 月 13 日:或者说外国人心目中所历史地形成的"传统的"对德国人的观念。就像其他地方的人眼中的"上海人"。】

---

① 君特・菲加尔(Günter Figal,1949—),弗莱堡大学哲学系教授,是胡塞尔、海德格尔留下的现象学教席的当前拥有者。

一个律师，阅读海德格尔超过20年，其夫人特别典雅。不知何故，请我和韩国人吃饭。

一位曾经在弗莱堡学习过日耳曼学、哲学等的女士（很多德国人都在大学里学习各种学科），叫 Elisabeth Körfer。住在亚琛边上。

还有一个人叫 Horst Rosaizin。我刚坐下来，说自己是中国人，他就用中文问我：那你说中国话？我被完全地震慑了。他从小在北京长大。中文名字叫罗沙金。

1949年建国的时候他在天安门望见毛泽东，当时21岁。在北京的教会学校上学，听发音是“辅仁”。

他问我做论文的时候会不会把中国元素带进去。我惊讶于自己竟没有这样鲜明的意识。一个外国人，一个他者，带给了我这种意识。

伟大的马尔巴赫德意志文献档案馆（Marbach Deutsches Literatur Archiv）和博物馆。

博物馆里藏有一封尼采的书信，只有短短几句，最后一句话是：

Ich verachte das Leben（德语：我蔑视生活）

博物馆里，有个人拉住我带我去看尼采1900年死后拓下来的脸部石膏像。他被这些藏品激动得难以自持。他情不自禁地要向一个素不相识的东方人介绍尼采的石膏像尼采的书信,里尔克和格奥尔格的书信、照片。

一个从美国移居到德国的老头,读过三十多卷的海德格尔全集。我问他最喜欢哪一卷,他说是《哲学之基本问题》(全集第45卷)。他前一天跌了一跤,下巴上贴了张伤筋膏药。他说他从某一年起就一直来参加海德格尔协会的年会,这次是第一次迟到。

到会的重要人物有赫尔曼·海德格尔[①]及其夫人,还有一个姓海德格尔的人,那位像美国人的德国人说他大概是海德格尔的孙子。Klostermann[②]也到场,坐在他的出版社的书前面。

赫尔曼·海德格尔,长着一张带有不可一世、严厉等内容的脸,有点像秃鹫、老鹰。上年纪,白发,拄拐杖,行动缓慢。

主持人问他,是否他的父亲到过马尔巴赫。他静默

---

① 赫尔曼·海德格尔(Hermann Heidegger, 1920—),海德格尔的次子,海德格尔手稿的法定保管人。

② 出版海德格尔全集的德国出版社 Vittorio Klostermann 的经理。

了很久，给了肯定的回答。

【2009 年 12 月 6 日：海德格尔给妻子的信中写道，1969 年 8 月海德格尔通过阿伦特的介绍，与马尔巴赫的席勒国家博物馆取得联系，试图出售《存在与时间》的手稿，以便筹资建设一个退休的寓所。】

菲加尔讲座，说道三十年代开始荷尔德林，云格尔[①]和尼采成为海德格尔思想中的三位一体。荷尔德林是一位相关于神之隐遁和到来之神的诗人。尼采则是一种时代意识。云格尔相关于现代世界的技术问题。对海德格尔而言，他与荷尔德林和尼采的关系十分明显和公开，但是与云格尔的关系在 50 年代之前都十分隐蔽。

有人提问：对海德格尔来说诗歌是艺术的代表，那么音乐之类的艺术呢？Figal 回答：从让现象显现角度理解艺术，音乐也是让显现的方式之一。

马尔巴赫 Aigner 书店的塑料袋上写着：

immer eine Seite voraus…（前面总是还有一页……）

---

① 云格尔（Ernst Jünger，1895—1998），德国军官，作家、学者、昆虫学家，与海德格尔有交往，为海德格尔所敬重。代表作有《在钢铁雷霆中》，《劳动者：统治与型式》，《论痛苦》。

2009 年 10 月 11 日星期日

今天由一位去海德格尔小屋拜访过海德格尔的德国人(Lydia[①] 的前夫 Bernd)开车领着去一同找了海德格尔小屋。当年他去的时候是 69 年、70 年左右,和在慕尼黑大学教书的 Max Müller 以及另外一个学生一起去拜访了海德格尔。Bernd 说当时海德格尔已经很少接受别人的拜访,但是和 Müller 很熟,所以接受了他们的来访。

Bernd 说海德格尔一直说自己只需要很少的东西,现代世界有太多东西是不必要。但是在去托特瑙山[②]的路上我问 Bernd 海德格尔自己怎么去山上的,他说乘巴士,后来他自己有了一辆车,开车去(应该是海德格尔的老婆开车)。

Bernd 在托特瑙山的旅游问讯处买了一本海德格尔的影集(1966/68 年)送给我。我大为惊讶。这本书我在上海图书馆借过。当我再次翻看这本书,当我得知海德格尔开车去托特瑙山,我有了一种新的所谓海德格尔是

---

① 我在德国两年的房东,在弗莱堡大学计算机中心工作。

② 托特瑙山(Todtnauberg),德国西南部黑森林地区的山。海德格尔在山上建有一座小屋,他的绝大部分作品都是在这间山中小屋里写成的。

“技术时代的思想家”的感受。

海德格尔是技术时代的思想家，这不仅意味着海德格尔对技术世界进行了根本性的质疑与沉思——发出这种质疑与沉思必然意味着海德格尔的视域来自与技术世界相异的“另一个”地方，至少是边缘地带；这还意味着海德格尔本人深深地身处于技术时代、技术世界之中：他使用汽车（《存在与时间》里就讲到汽车的一种转向标志，“艺术作品的本源”里则提到摩托车的马达声），他的影像和声音经由现代相机所记录。

【2012年1月13日：据说海德格尔也不拒绝通过电视机收看足球转播，他坐飞机的时候也显得比较兴奋。但是这种小报记者式地对哲学家个人生活的猎奇是无益的。】

小屋的山上望得到通往巴塞尔的路。

【2012年1月13日：海德格尔在与古典学家Stenzel的通信中提到过这件事，还提到布克哈特和尼采在巴塞尔。①】

因为空气、风景，托特瑙山现在是旅游景点，游客

① 哲学家尼采（Friederich Nietzsche，1844—1900）和他一生敬重的同事历史学家布克哈特（Jacob Christoph Burckhardt，1818—1897）都在瑞士巴塞尔大学任教。他们两人的作品对海德格尔有过影响，特别是尼采。

很多而当地农民变得很少。托特瑙山的旅游问讯处有很多漂亮的供游客租用的电动自行车，有关海德格尔的东西只有海德格尔影集、Inwood介绍海德格尔的书和全集第16卷。我看到托特瑙山的旅游问讯处才很鲜明地感受到这里已经是一个热闹的旅游风景区了。

2009年10月12日星期一

房东说海德格尔戴的那顶帽子是法国帽子。

今天韩忠洙带我去了哲学系图书馆，我上次进去以后向左转了，实际上向右转还有另一边。继昨天在托特瑙山旅游问讯点看到了入德以来第一本海德格尔全集，今天终于看到了比较多的海德格尔全集。不过系图书馆的书不能外借。

洗完一只苹果，接着翻译“对诸神的制造仍旧是一种对诸神的蔑视”。想起王佐良所描写的西南联大的作者、学者生活。他们每天写作、讨论诗歌、文学，同时又要和卖菜的农民讨价还价。

就像海德格尔说在记忆中事物更具有存在感，在文字中，而不是在影像记录中，事物更具有存在感。因为那源自存在者和存在的阴阳重迭。

对前几天的补记：

午休的时候在 Dreisam[①] 岸上遇到一个青岛人，他说青岛的城市规划取法弗莱堡，因为德国占领青岛的时候青岛的城区图都藏在弗莱堡档案馆。

学习哲学就像打太极拳，每天练每天练，最后功成在身，习与性成语出《尚书·太甲》。

一个令人晕眩的、充斥着尼采所说的不必要的事物的时代。

资本主义。

2009 年 10 月 14 日星期三

晚上去车站的路上特拉夫尼[②]指给我看了海德格尔和阿伦特战后见面的宾馆。

---

① 弗莱堡边上的一条小河。

② 特拉夫尼(Peter Trawny，1964—)，德国杜塞尔多夫大学海德格尔研究所主任，海德格尔全集编委。编辑有多卷海德格尔全集，长期致力于海德格尔哲学的研究与传播。2007 年至 2009 年曾在上海同济大学任教。

洗衣服有全自动洗衣机，洗碗有洗碗机。

阿伦特：现代社会的劳动由机器代理。

2009 年 10 月 15 日星期四

昨天晚上乘车看到的遗留在车站椅子上的围巾，今天早上看到它还在那里。

在会议上想到：海德格的经验是何种经验？希腊经验？希伯来经验？或者先于文化的纯粹的经验（胡塞尔奠基意义上的？）（文化与纯粹思想的关系如何通达？）？存在这种超越文化的纯粹经验吗？抑或是海德格所谓的“思想经验”？这种思想经验是一种对“本原”的经验？

特拉夫尼给我看了他从赫尔曼·海德格尔那里借来的海德格尔私人藏书。其中谢林的《论人类自由的本质》那本书海德格尔做过极为仔细地阅读，到处都是标记，红、黄、蓝三色。《精神现象学》的导论部分也有很多标记。海德格尔不仅圈出或划出 Zeit（德语：时间）之类的大词，也圈 nur（德语：仅仅）之类的小词。

特拉夫尼说上午开会的时候坐在他旁边的人是冯·

赫尔曼[①]。我努力回忆那个人的样子，印象中他偏于文弱，是个瘦瘦的老人。我还想起来原来早上问我开会房间在哪里而我没太听懂的那个人就是他。

特拉夫尼准备离开的路上跟我说弗莱堡是德国少数几个宜居的地方，说我应该意识到这件事并且感到骄傲。一起在一个小酒吧休息，他说这个地方很有名。这里的墙是用亚麻布装饰的。在磨刀石书店（Wetzstein）再次看橱窗里的《悲剧的诞生》（应该是第一版的），特拉夫尼说那应该值1000欧。尼采的书是特拉夫尼看的第一本哲学书，给他极大影响。路上还说道像我们这一代中国的学人是有一定使命的，在德国受教育之后回中国把中国带上一个新的水平——在哲学层面上。我说是的，并用了海德格尔的词，说这是 Schicksal（德语：命运）。

我们一起去了前一阵听说的 Heinrich Heine 旧书店。一进去就看到巴赫曼[②]的四卷本文集。

路上他在找一种他以前住在弗莱堡的时候很喜欢喝的弗莱堡特有的红酒，叫 Dörflinger，我心里暗暗想以后见面的时候我得给他带这种酒。说弗莱堡的街上有铜制

---

① 冯·赫尔曼（Friedrich-Wilhelm von Herrmann，1934—），欧根·芬克的学生，海德格尔的私人助手，负责掌握海德格尔全集的编辑事宜，是海德格尔哲学最忠诚的传播者和解释者。

② 巴赫曼（Ingeborg Bachmann，1926—1973），奥地利女诗人，作家。与诗人策兰相恋一生。博士论文以海德格尔思想为主题。

的板，上面刻有曾经居住的犹太人的名字，而这些人被送往了集中营。(今天看以前拍摄的照片的时候看到那个现代样式的“宽恕柱”，猜想这也是跟纳粹有关的。今天还在第三教学楼(KG3)前面的草坪上看到一个纪念牌，上面写着几几年几月几号巴符州以及弗莱堡有多少犹太人被送往一个叫 Gurs 的集中营。德国的这段纳粹历史实在是太沉重了，沉重得无法负荷。)

在书店里看到 Emmanuel Faye 搜索证据以便证明海德格尔是纳粹的书，里面写道 1933 年的一个讨论班不在全集的计划之中，所以这个全集名不副实。这是我第一次知道这样的信息。但是特拉夫尼说实际上这个东西作为 Seminar Protokolle(德语：讨论班纪要)以后会出版的。我在 Herder 和今天这个书店都看到这本书。德国人从某种角度很需要这样的书吗?

想到海德格尔 Schöpferische Landschaft(《富有生机的风土》)那篇东西里的 Einsamkeit 最好译为“孤独”，而不是“寂寞”。

2009 年 10 月 17 日星期六

海德格尔小屋里面有三间房间：卧室，餐室和书房。一个哲学家的生活大概也就是这三部分了：休憩，饮食和工作。不过在屋子的外面还有自然（天空、大地、植被、溪流、动物）和耕作的农民。

而现代人还需要娱乐的部分。他们工作是为了存活和享乐。哲学家存活却是为了工作。

需要真正的 Arbeit（德语：工作），它是接通源泉的一条道路。

当我朗读张载的《正蒙》时，突然感觉对中国而言更重要的是去朗读古希腊，而不是朗读海德格尔。因为海德格尔太近了，太容易接通了。而古希腊的丰富经验和思想才真正益于展开一场对话。陌生性、距离性作为对话的前提。

时空的切近令存在入于隐蔽。
时空的遥远令存在入于敞亮。
在切近中存在隐蔽运作。
在遥远中存在敞亮到达。

2009 年 10 月 18 日星期日

“最……的之一”这样的表达很多时候是意义贫乏的。它预先就已经排除了任何危险。它没有错的可能，也就没有什么意义的产出。采用这样的表达是缺乏决断，人云亦云。而且可笑的是，它用了一个“最”指示一种不可匹敌，接着又用了一个“之一”来消解这种不可匹敌。

语言照亮世界(境域意义上的世界)。

想起有人采访一个画家时问他在美国想不想家乡，他说想，想上海的茶叶蛋。

家乡不是一个抽象存在，它寄托于具体的事物之中。

【2010 年 1 月 3 日：问题也不单单是那些“具体的事物”，而是一个世界(境域)的存在(可参海德格尔《语言》一文论世界与物[①])。没有一个意义境域的澄亮，“具体的事物”是荒芜的。现代世界始终处于荒芜中，因为它失去了那个意义境域的澄亮。现代世界是一个荒芜的秋天，它还不是冬天的绝望。因为绝望恰恰孕育着希望。荒芜比绝望更具有绝望特性。但是意义境域的敞亮的可能条件是什么呢?】。

Entgleiten(德语：脱离)，极具动态张力的一个词。

好东西就是能够摄取到这样的一种张力状态。

这对艺术性创作而言是一个窍门。

Lydia 说 Schonach 那边今天下雪了，到处是白色，

---

① 收于《在通向语言的途中》，海德格尔著，孙周兴译，商务印书馆，2004 年。

她说托特瑙山也应该下雪了。

因为要查海德格尔使用的 Bestand 这个词的译名打开孙老师译的《演讲与论文集》。看了看前言的开头。孙老师的译文真是好。有气韵，准确，凝练。——我想起孙老师特别喜欢吃的螺蛳肉的质地。

2009 年 10 月 19 日星期一

今天天气很冷，早上起来看到屋顶上有一层霜。天气预报说最低温度零下 2 度。但是早上阳光大好。在德国就自然而然地对天气变化敏感。德国的天气阴晴变化不定，昨天就是有时下雨有时出太阳。太阳对于德国的珍贵我也感受到了，上一周基本上都是阴雨天。现在也理解了为什么我刚来的第一天，房东早上极其高兴地跟我说如果太阳好的话可以搬个躺椅在阳台上看书。

[一物降一物]

西方思想历史的主流呈现为一物降一物的“进步史”。而现在国内的某些学者认为自己又傍到了一个可以降伏海德格尔的魔法师。可是，问题不在于傍到一个技压群雄的老大哥。问题在于亲身地思考、行动，问题在于厚重的德性、广博的视野、通达的胸怀，问题在于中立而不倚，强哉矫（《中庸》语）。

根本就不存在这样一个“技压群雄”的老大哥。

德语分级考试的时候坐在我右后方的一个家伙音乐般地朗读着试题，朗读完以后又直接报出一个答案。感觉像是南美洲的人。一个活宝。

我感觉用刀叉太傻了。

海德格尔对传统词语的弃用、保留和转化的各种选择和考虑值得玩味。

当我坐在三号线电车车尾，看着眼前的车厢尾部的平台和栏杆，忆起的是小学里坐 21 路电车上学去的情景。

这种在异乡勾起的回忆真奇怪。

海德格尔又会说此中“存在”更甚。

2009 年 10 月 20 日星期二

［星空］

昨晚回家的时候一下车抬头看见星空。晶莹闪烁，真美妙。星空的美妙正在于它不是人的造物而是自然所成。在异乡的土地看见久违的童年的星空。

弗莱堡的语言课程都是分级收费，不同的人群缴纳不同的数额,区分明显。同济却不分同济学生和非同济学生。

2009年10月23日星期五

今天上了第一堂 Vorlesung(德语:讲授课),有关生存哲学。教师 Metz 长得像美国人。课从下午 2 点上到 6 点,中间休息半个小时。一开始有很多人上课,整个演讲厅都坐满了,估计有 100 人,不过上半节下课后有些人走了。

2009年10月24日星期六

上个礼拜开始上课以后整个人的状态就不一样了。之前还是每天都有新鲜事情发生的新奇阶段,每天都有某种惊喜和未知。上课以后整个人更多的处在学习的奔忙和紧张中。

在这里时间过得飞快。快一个月了,像只是过了一周。

事情越多,时间越快,或者说,事情越多,人越感觉不到时间本身的行进。当人处在事情之中,他的时间感和钟表所记录下来的时间行进就不同了。

这里的山野森林和海德格尔的关系。道家和山野的关系。

想到一个说法，所谓“无援的思想”。

思想本身处于某种“无援”的境地（贫穷）：思想一无所傍，没有研究所，没有试验仪器，没有先在的方法和模式，只有思想着的心脑面对整个世界。但是另一方面，思想又以天地之整体，世界之整体，百姓之整体为本。圣人无心，以百姓心为心。

思想无援，所以思想是自由的。思想无援，所以思想是危险的，它可能脱离大地而兀自悬浮。

今天被称为弗莱堡的 Monkey Jump。花 8 欧元然后可以去任何娱乐场所。

2009 年 10 月 25 日星期日

听一个朋友的讲座，讲到时代的平等天命。想到 Bernd 一直问我的汉字的书写顺序。以前是从上往下纵向的，现在则是从左往右横向的，也是朝平等的方向转换？

2009 年 10 月 28 日星期三

海德格尔与妻书：Ich freue mich sehr auf die Einsamkeit u. Einfachheit.（德语：我在孤独和简单中怡然自得）。

这两个 E(Einsamkeit-Einfachheit)指示着海德格尔工作境域中的基本情调。它们同时也来自于哲学的本质规定。但是另一方面，海德格尔可能也对山中的农民朋友，山下的学院活动有所依靠，他不可能永远一个人呆在山上的小屋里。

尼采笔下的查拉图斯特拉 30 岁的时候住到了山上，海德格尔 33 岁的时候住进了小屋。不过他没有像查拉图斯特拉那样离开自己的家和家乡，而是更加嵌入其中。

学术，教授，研究者，无聊的报告和交谈。

2009 年 11 月 1 日星期日

心理治疗如果只是把人类心理当成一台封闭的机器进行修理，那么它只是主体性时代的一个组成部分。

2009 年 11 月 3 日星期二

道路早已开辟，否则我们根本无以言说(后期海德格尔与语言的关系)。但是道路如今需要再度得到生成(易与生成)。

情况是变化的，而只有人有能力处理变化的情况。所以中国重人治？但是如何处理人治与法治的张力？育人？

2009 年 11 月 4 日星期三

孙老师的译文取向极有道理。要译得脚踏实地，沉稳可靠。

我觉得尼采有问题的地方之一在于，看不到尼采“止”。尼采一直是个阳亢的否定者、奋进者。

或者这跟尼采的虚无主义有关。

不再是以静态方式对世界图像进行表象的哲学，而是一种行动性的哲学，与时消息的哲学。不再是静观的哲学，而是契会入源泉发生之中的哲学。

2009 年 11 月 5 日星期四

晚上，在 Paula-Modernsohn Platz 下站，看见月亮及其周围的光晕（der Mondhof）。其光晕变化特别有物理感，像有机玻璃的颜色。于是想到这些现象与物理学解释。物理学解释也许是更为“客观”的，但那不是“世界”。而如何才能通达“世界”性的月亮呢？艺术？

海德格尔的世界概念与中国的人文化成。

2009年11月7日星期六

如今的中国是大有可为的时候，因为如今的中国是如此地凋敝不堪。

读书会结尾自由聊天上谈了到德国以后的暂时感受。谈了两点：

1. 人与人的关系：公共空间问题。
2. 人与自然的关系。

今天从超市回来的时候，有一站有个年轻人伤了脚拄着拐杖上车(在德国经常能看见伤了脚拄着拐杖还到处溜达的年轻人。为什么?)。他上车以后司机等了很久才开车。我原以为是巴士早到了站在等时间开车，后来才反应过来，是等这个年轻人入座以后才开车。他拄着拐杖，如果还没坐好车就开了，肯定会摔倒，后果不堪设想。这是对他人的关怀啊。在德国才学习到一些真实的东西，在国内学不到这些。

2009年11月8日星期日

从前天开始抄写《诗经》。

抄了诗大序及其提要，诗经注疏提要。大序之前还有朱子的辨说，然后诗经注疏提要后面还有郑玄诗谱等，要真正抄到诗经的诗，要过很久很久。

进入中国的经典就会发现你需要进入历史的流传，不是直接拿本经书在那里读经文，而是先要了解历史的传承、流变。

今天晚上给LY回信的时候，本想给他msn的，这样联系起来方便一点。但是一想，由msn所带来的持续在场反而令人与人之间的距离拉远了，或者说，令人与人之间的真正接近变得很难发生了。你一直都看到对方在线，你随时都可以说些什么，但是你没什么话要说；即便说了些什么，也大多在寒暄和信息互换的范围内起伏，鲜有真正的互相沟通。

互相的接近并不是物理上的距离消失，而是一种动态性的发生，是一种“近化”（又是海德格尔的词!）。物理上的没有距离并不能保证近化的发生。恰恰相反，近化的发生以距离为前提。必须要有距离的拉开，才可能有互相的接近，这两者有种二重相关性，缺一不可（天地设位，易行乎其中挚而有别，由于这一“别”，反而更为“挚”）。消灭了距离也就连带着消灭了接近的可能。现代世界的方便以牺牲真正的互相接近为代价。而，并非持续在场的信件互通，却能够带来彼此的接近，令近化发生。

由于这个近化的问题而再次阅读海德格尔《物》[①]的开头。并且自己尝试翻译了几句。对比孙老师的译文，再次感到其译文的“稳，准，狠”以及一种古朴低沉。从译文本身的质量上讲实在是上品。

2009年11月9日星期一

[翻译的手艺]

孙老师的翻译。翻译是手工活。手工活就有手艺问题。这里面有一种柔和，一种温柔性。而孙老师身上恰恰藏有一种内在的柔和。

德语本身就是一种形式指引的语言。

这也给翻译增加了难度，因为一个词（尤指动词）的意思必须在具体语境中得到落实，然后才能对应性地翻译出来。

2009年11月10日星期二

昨天试了睡觉时放催眠 cd，很有效，人可以安静下来，不那么焦灼。而这发生在催眠师的言说和沉默之间，

① 收于《演讲与论文集》，海德格尔著，孙周兴译. 生活·读书·新知三联书店，2005年。

当言说告一段落进入一种静默的时候,意识好像会被吸进这个静默当中而慢慢安静下来,不知不觉地睡着。这应该跟有和无相关。

下午上海德格尔的语言哲学,讲"艺术作品的本源"第一部分。很无聊,把海德格尔讲得这么无聊尤其反差明显。

不过上课的老师提了一个好问题,就是为什么《艺术作品的本源》里对农妇的农鞋的分析和《存在与时间》里对锤子的分析完全不同。

不过这两个分析的基本领域就是不同的,前者是在艺术领域中对用具的通达,后者是周围世界领域。

在德国因为地方是新的,需要我去不断了解和探索,这就调动起了我的主动性,使我的意识能够"首出庶物"(《周易·乾卦》彖辞),所以我在这里的状态比较好。

2009年11月11日星期三

中午梦见一间屋子。我自己的屋子。以前去过这间屋子,今天是第二次去。屋子里有两道门,一扇木窗,乡下的杂货店的那种木板窗。屋子里只有一张靠窗的桌子和一把椅子,其它什么也没有。我起先到了屋子里,然后又在外面走,接着又回到屋里。然后突然觉得这间屋子有点阴森,于是把门和窗统统关起来。关的时候生怕屋里没有光变得漆黑，但是没有，好像有一扇天窗。过一会儿屋子里突然有两个德国人开始交谈，用的是德语，说起北京是在中国还是在印度。其中一个人说北京在印度。我也就用德语回答说：北京在中国，不在印度；印度在中国下方。

研究西方哲学就是在比外语。

这是在学外语呢还是在学哲学？

2009 年 11 月 12 日星期四

根基越深厚，脚力越足，走得越遥远。

看到下周四弗莱堡有游行示威，抗议大学收费，宣传海报上写：Wessen Uni? Unsere Uni（德语：谁的大学？我们的大学）。不过游行的地点在城市剧院（Stadttheater），而城市剧院房顶的横幅上写的是：We can not change the world。

2009 年 11 月 13 日星期五

古代的序言一开始都是追溯此学的历史流变，正本溯源，臧否历史得失。感觉这种重历史流变的态度跟人的有限性以及复数性相关。因为人的有限，其视野、见地有限，必须参考前贤往圣的说法，并且立下自己的说法留待后人评说。在这种有限性中，必须处在一种学人的历史群体中才可能对道有更真切的认识。

与此同时，“圣人”又和这种有限性、复数性处于怎样的关联呢？

2009年11月15日星期日

大多数现代学人都是没有问题的，因为他们已经找到了学术研究的“方法”，他们可以无限产出了——但是这里面没有任何真正的问题。

昨天弗莱堡有纳粹和反纳粹的游行。听说出动了很多全副武装的警察。

黄昏时候人感觉不舒服，出去散步。走到了那个油料工厂的后面，看见工厂的巨大储藏罐、机械装置和钢铁材料，感到特别 unheimlich（德语：阴森）。它们是如此地非人。而旁边的森林，虽然你从外面看它们这样寂静，其中其实是有巨大的生命潜藏的。

2009年11月16日星期一

关于传统，返本开新就像翻译，要先吃透原文的意思，然后才可能做出好的翻译。如果仅仅跟随原文字面，就没有把意思翻出来，而如果一味脱离原文，则变成自由发挥不叫翻译了。翻译既要倾听原文，深入到原文的意思中，又要独立地以目标译文的方式进行完整言说。

2009 年 11 月 17 日星期二

康德哲学是思想的利器，它耀眼地划破长空。

以此为基础，黑格尔，一震而更趋恢弘。

海德格尔呢？这个西方世界的奇迹？不了解哲学史，不可能真正感受到海德格尔的伟大。

2009 年 11 月 19 日星期四

跟 Y 一起去了那个著名的磨刀石书店。Y 把它称为海德格尔书店，说这个书店跟海德格尔家族好像有点关系。这个书店确实相当好，海德格尔的东西一应俱全。买了菲加尔的《海德格尔读本》（*Heidegger Lesebuch*）和两张海德格尔明信片。

到了这里，就在不断地接受洗礼。

自己的世界在不断变化和发酵。

2009 年 11 月 22 日星期日

虚无主义和权力意志的时代。

雁渡寒潭。

2009 年 11 月 25 日星期三

昨天跟昌琪介绍的 Stefan 在江南茶馆聊天。感觉还行，是我说德语说得最多的一天。

从昨天开始弗莱堡的圣诞市场启动了，各种小商品。昌琪说她的朋友想登记在那里卖中国的饺子之类，结果要等 3 年。德国人不太希望有太多国外商品在圣诞市场上。

我现在慢慢进入无声地潜读状态。

食堂午饭时碰到德语班的同学（昨天坐在我旁边，好像是土耳其人）。她问我为什么看上去总是那么安静，我说大概是因为冬天吧。

我现在确实进入一种奇怪的、安静的、落寞的、冬日一般的状态里我心里有很多很多东西，但是似乎还没有什么明确的方式去表达，于是就像炖肉一样文火在心里慢慢炖着了。

想到历史意识。

看当下的问题要放在整个时间长廊里去看，看过去，考虑未来，不能只看眼前的这一小段，要有宏大的、有纵深感的历史视野。这一条纵贯线不可或缺，生命因此更有意义。

2009 年 11 月 26 日星期四

晚上看到有瓦尔登菲尔斯①的讲座，跑去听。原来是胡塞尔档案馆建了一个瓦尔登菲尔斯档案馆。校长和哲学系主任都来了。

讲座之前和之后都有一个女生进行钢琴表演。她的风格令我对音乐有了一种感受：钢琴的声音——嘴的无声，静默，像动人的哑女——心灵的发声，表达；音乐与静默，与人的心灵。

讲演时想到：

什么不是哲学：1，学术研究不是哲学；2，体验表达不是哲学；

---

① 瓦尔登菲尔斯（Bernhard Waldenfels，1934—），德国当前活跃着的现象学家、哲学家，对推动德法现象学的相互交流有重要贡献。

“大文化”的宽广视野，不要陷入狭隘的哲学学科；

海德格尔与学院的决裂。专题化的“哲学研究”到底有什么意义？

2009年11月27日星期五

我们时代的矛盾：国内政治诉求。中西之争。现代性问题。自然、环保。人类未来的发展模式。

婴儿是先有呼还是先有吸？

从旧书店出来走在街上感觉像是从另一个世界而来，而且身上仍逗留着那个世界的气息，很久都不散去。感觉到呼吸好像已经不起作用，它凝固起来了，变成石头。而我也像石头一样整个人深没下来，没入一种遗落的沉默，周遭世界从身旁经行，再无影响。

2009年11月29日星期日

哲学具有太强的败坏人的力量。哲学使人变得高傲不羁（路德批判亚里士多德的理论荣耀）；哲学使人失去正常的感觉能力；哲学不是让人变得太聪明就是让人变得太愚笨。

2009年11月30日星期一

近来常常想到张载论屈伸(见《正蒙》)。能屈能伸是因为不固执,柔韧。

通过做研究文献的笔记而了解了这样一回事:

一本研究论文的价值在于它能不能够被引用,也就是说能不能进入到学术再生产的整个流程中。不能被引用的东西就是没有学术价值的东西。

这也是有道理的,或者说有本真上的起源的,即一个个人的东西必须对别人有意义,必须能够在历史中不断流传,必须能够激发别人,以各种不同的方式为别人所用。只是学术工业在一个技术世界里把这些本真的来源都僵固化了,丧失了出口和意义。

2009年12月1日星期二

眼界要宽,要极其大,这样才能知道什么是好东西,知道事物的品第级别。

2009年12月2日星期三

教科书式哲学和哲学的十万八千里:因为教科书

里面没有道路的行走，只有那些条条杠杠、五花八门的观点。而道路的行走是归属于哲学的事情的，不可省去。

想起 Stefan 引用过的一句话，任何事情、任何困难，你花上三千个日夜，必成。

徐梵澄用“粘柔”一词，这似乎是个湖南特色的词。湖南人霸蛮而粘柔。

下午三点又有学生游行，1 号线也停开了。游行是青年人的狂欢、游戏和宣泄。

读了点《陆王学述》，徐梵澄不完全是五四的那种反传统派，而是对古学有一种基本的洞见，他的很多基本主张是超出五四的。而且最令我吃惊的是，他当时已经有极为清醒的认识，就是我们做学术要自立，不要跟着西方的潮流，并且以印度为鉴。

2009 年 12 月 4 日星期五

尼采是资本主义社会的一只牛虻，不过这只牛虻不是被这个社会拍死的，而是自己陷入了疯狂。尼采太真诚，哪像海德格尔这么狡猾。

《陆王学述》读到："一怒可以治好某种疾病之说，如心理上之幽忧，或身体上之某种郁滞。那是配以阴阳五行之说，其在《易》曰'震'。"

怪不得我觉得自己不会发怒，因为郁滞和发怒是两种反对的东西(感觉前者向内而自持，后者外向而骤然)。"震"，刚性的，开端的。

2009年12月6日星期日

孔子是集大成者，海德格尔也可说是集大成者。他们都有强大的吸收消化文化传统的能力。只是，孔子奠定了其后洋洋大观的文化传统，他是一个枢纽和基石。而海德格尔，则是一个时代的过渡和寻觅者，他吸收消化文化传统是为了寻觅新的可能、开启后世新的道路。

而尼采和海德格尔，前者是西方传统的终结者，后者是西方传统的开新者。

晚上边洗脚边看《陆王学述》，颇有得，身体的运动对于思想的活动有帮助，它陪伴着思想。

2009年12月7日星期一

学古典乐的人的静默：俗气渐除而气归于静。气静生明。

周边的事物越来越陈旧
而内心的时间变得越来越新

现在进入了我人生的一个读书黄金期。

少参加活动，多自己读书。

想起了钱锺书。他当年在牛津的时候也是一头扎进书里，而且觉得一些不必要的课程是浪费时间。

2009 年 12 月 8 日星期二

如果你对一个东西特别厌恶，这说明你跟那个东西有特别的关系。

看珀格勒[①]的《海德格尔思想之路》*Der Denkweg Martin Heideggers*。看得昏昏沉沉。

这种研究文献大概就是三个结果：1，大受其思路的启发，读得很振奋。2，完全胡说八道，似是而非，没有价值，扔掉。3，良莠不齐，好坏参半。这种中间的东西最讨厌，食之无味弃之可惜，珀格勒的书大体属第三种。

---

① 珀格勒（Otto Pöggeler，1928—2014），德国学者，伽达默尔的学生，黑格尔及海德格尔研究领域的名家。

不过很奇特的是，我今天读到他讲荷尔德林和另一开端的部分，其中所用的《荷尔德林诗的阐释》[①]的本子，就是我昨天买到的那个第二版。

德意志那种纪念碑式的文献编撰和史料收集、保存的做派。让人心生令人窒息的敬畏。那些雕塑般的经典，以永恒的姿态立于时间之风中。这是否也是希腊式的庄严呢？面对这种纪念碑、雕塑，再来看中国的亭台楼阁，能悟出什么呢？它们和时间的关系。

在这里，每一天都在变化，都在受洗礼，都在沉入一个没有时间、没有呼吸的地方。

晚上读尼采“历史的用途和滥用”。读尼采你会感受到紧张、挑战、刺激。尼采之于现代欧洲市民社会就是苏格拉底之于雅典社会。读海德格尔一定要读尼采，否则会把海德格尔读空掉。

又要大刀阔斧，又要精益求精。好东西就是这么难得。

---

① 中译本参见《荷尔德林诗的阐释》，海德格尔著，孙周兴译，商务印书馆，2002 年。

鲁迅

燃一根烟在手指
空间
随烟雾的旋转
越来越寒冷

灰色、忧虑的眼光
从傲骨中来
向下拂去
一页一页地
在暗黄灯下
把时间全部烤焦

2009年12月9日星期三

学人须由经入史。

志于道,志于学的“志”不是意志。因为道和学,不是对象,不是存在者。志于道,不是作为意志主体的自我和对象的关系。意志是对象性的。意志和欲望的关系。

我不同意海德格尔把尼采当做纯粹哲学家。这太狭小了，还是文化批判者的提法较好。但不是“文化批评”意义上的文化批判者。尼采关心的是整个人类族群的健康。

不能光读作品本身，因为光读作品你读不出作品中蕴含的巨大内容和丰富性，还必须看后人优秀的解读和分析。

这是我 05 年学到现在的一个发现和调整。

2009 年 12 月 11 日星期五

菲加尔说的 Text-nah（德语：过于靠近文本）是经验之谈。而且这不仅仅是一个解释哲学家的文本的问题，这是一个普遍的问题。在翻译问题上表现为翻译者和被翻译的语言之间的距离。

两者之间的距离，横贯一个“对立空间”（德语：Gegenraum），这个对立空间是一个发生空间。必须张开距离。距离与发生。

2009 年 12 月 12 日星期六

[失掉了现在，也就没有了未来]

晚上读鲁迅《且介亭杂文》，序言一上来论杂文的意义，说杂文能够对现实有快速反应。论到现在和未来，说为现在抗争，也同时是为现在和未来，因为“失掉了现在，也就没有了未来”。

但是鲁迅没有进一步追问，对现在发生作用的力量的源泉从何而来，它并不是从现在而来。鲁迅是面对现实世界的现实主义者，不信任任何高远的幻想和梦想。

2009 年 12 月 14 日星期一

在这里经常会失魂。

今天在大学书店看到德语经典出版社（Deutscher Klassiker Verlag）的带评注的席勒理论作品集和带评注的歌德《诗与真》，看到 Suhrkamp 出版社的希德对照亚里士多德《形而上学》第七第八卷评注，看到 Manfred Frank 评注的康德美学作品集（含《判断力批判》）。

简简单单地皓首穷经。

浪漫主义的标志：重灵感而不重学养根基，重火焰而不重物质，重瞬间而不重长远，重激情而没有把激情化为深沉长久的感情以及把感情埋藏在土壤中的对客观事物的建立和守护。读黑格尔对浪漫主义的批判可以学习到很多。

浪漫主义和工业化时代的那种市民气是双生子。

注意：酝酿，发酵，熟的过程。农作物、食物作为生命的隐喻。

要走多少迢迢长路，才能回到那最简易的东西中。

2009 年 12 月 16 日星期三

觉得要多写作，即便写得很烂，写不下去，也要始终坚持写。写作能够带动你的思考和阅读，把一切东西带向清晰（austragen）。

历史进行到现在，一个生活在现代的中国学人，他要学习无穷多的东西：

中学方面：首先通读了十三经才是一个货真价实的从古学中濡染出来的学人；十三经完了还不算，还要了解诸子百家，魏晋玄学，宋明理学，清代大家；通经了要明史，二十四史是不可能了，但起码前四史要读掉才算明史，且不算后来的《资治通鉴》等；不光在经史上有深入，还要阅读汉赋、魏晋诗歌、唐诗宋词元曲杂剧、明清小说，五四散文小说，当代文学作品。

有余力还要在琴棋书画上略知一二。

西学方面：从古希腊，经中世纪，近代到现代，另外还有犹太经典，都有无穷多的神话、哲学、史学、文学的东西，还没算伊斯兰等其它教的经典。为了了解西学他必须掌握至少一到二门外文，最好则能掌握英德法希拉五种外文。

然后学人在皓首穷经的同时不能忘了延年益寿，如果学到四五十就累垮了他就白学了,所以要粗通中西医理,那《黄帝内经》什么都得读,不仅要了解医理,还要掌握一些养生窍门。

生活在现代他还要掌握一定的科学知识,计算机知识。

中国学人在这个混乱的年代还特别需要关心当下社会现实,冷静观察和思考。

最后,他还要养家糊口,奉养父母(这居然成了"最后"的事情)。

2009 年 12 月 18 日星期五

昨天下午去了古典语文学系复印了 Most 那篇文章,然后在系资料室看海德格尔手册上的文章。看得累了就随便翻翻全集 70 卷,读到海德格尔说神圣者和存在命名的是同一个东西,但是又有所不同。在海德格尔那里什么都是同一个东西。

然后读海德格越读越虚,赶紧找黑格尔的《精神现象学》来读。海德格尔仿佛是把人吸收进一个无底的黑洞,在那里找不到任何坚固可依的东西,找不到任何可以吃饱的东西。在他那里有很强的否定性、阴性、怀疑性,这也是时代的情境使然。

看到那些康德、黑格尔的厚厚的全集,你不得不由于德国人的那种历史厚重感而产生一种敬畏。那种从希腊开始就有的纪念碑式的力量。

石头的确足够震撼和庄严。但石头有一个问题，在时间过程中它会不断遭到自然的风化，因为它太僵固不化了。海德格尔如何在希腊人的那种石头庄严中寻找到柔和性？通过荷尔德林？荷尔德林又何以发现希腊的柔和性？莫非这种柔和性其实是基督教因素？

2009 年 12 月 20 日星期日

深夜读海德格尔全集第 66 卷，最后一个东西是海德格尔反思自己迄今为止的道路，这是我读到过的海德格尔说得最恳切、诚实的一个东西。

2009 年 12 月 21 日星期一

今天发现德国也有 1 元店，跟国内一样。

深夜读海德格尔全集第 16 卷里收的 1934 年演讲“当前的形式和德国哲学的任务”。激发人。

2009 年 12 月 24 日星期四

为什么看尼采的《看哪这人》有一种喜剧性效果，看得直乐。一开头就满口“人类”。

读尼采的东西很舒服，对我的肺有益。清爽高山之气。不像海德格尔那么阴沉纠葛。

晚上读柏拉图的《斐德若》。很壮丽。尤其论灵魂长翅膀的过程。

2009 年 12 月 26 日星期六

十年、二十年？时间很快就会过去。

今天下午为了打发等车的时间买了本海涅的 *Die Harzreise*（《哈尔茨游记》）。由于尼采《看哪这人》把海涅和尼采本人看做德语史上最重要的两个作家，所以就挑了海涅。而且，这本比较薄，比较便宜。

看这样的人的东西对我有意，开朗的讽刺，鲜活的热情。

晚上译读里尔克的《给青年诗人的十封信》，给出自己的译文，再对照冯至的译文，很有收获。

烟、酒、茶都是时间的物质形态。

老练，苍劲，遒劲，是一种好东西，因为它是老中带年轻的劲力。

2009 年 12 月 27 日星期日

五四和民国时期的那段历史和思想我们如今要继续接上，不可跳过这段历史妄谈直通五经。也许最后还是要走海德格尔式的返回步伐的路，从近处一点点往回走，从今往古读：五四、民国，清代，宋明，魏晋，汉代，孔子，五经。

历史是在延续传承之中的，你不传承你父辈的东西，和他们血脉相连，直接跳到五经原典，是架空的，没有历史重量的。

光从汉语本身上讲我们就要传承五四、民国。

昨天趁天气好，上了 Schlossberg①。登上了山上的最高点以后看到一个老人也上来了，气喘嘘嘘中第一件事情是拿出相机。

要真正做到精神脱变、性体出生，就必须经过一段艰苦的日子，必须在痛苦、动摇、彷徨、无措中坚持和自我训练。经过了这样一段训练，把自己提高到一定的心灵层

---

① 弗莱堡边上的山，山上能够俯瞰弗莱堡全景，是弗莱堡的主要景观之一。

次以后才谈得上中庸之境。

没有狂狷之气，就不可能中庸；没有卓绝的历练，就不可能天君泰然；没有刚毅果决，就不可能权变通达；没有坚定，就无所谓宽容。

2009 年 12 月 29 日星期二

读蔡元培任北大校长的讲词，一开头谈到的问题仍然是我们现在的问题。他劝学生立学宗旨要正大，不要为求官发财，不要虚度光阴，要“植其基，勤其学”，“宗旨既定，自趋正轨”。还谈到当朝的腐败、道德沦丧。

讲了几十年，没有更好，只有更坏。为什么呢？

2009 年 12 月 30 日星期三

有些东西当下看来难以理解，把它们放回到那个从之所出的历史情境中以后就变得最自然不过了。

2010 年 1 月 1 日星期五

昨天晚上跟 Y 喝酒、聊天。在他那里又听到一个很棒的词，illusionslos（德语：告别幻象的）。谈到鲁迅和特拉克尔都是 illussionslos 的类型。

他谈到南希[①]对他者有切身经验，他自己的心脏移植的是一个非洲女人的心脏。不过也许这个“他者”已经太触目了，注目那些更不触目的东西才是一个哲学家的能力。

世界上有两种人：有名字的人（少数者）和没有名字的人（多数人）。

2010年1月2日星期六

如果一个人能够在成人的心智状态中，再次达到小孩子的那种一心一意，那种心无旁骛，那种把身边的一切全部遗忘的专注，要他不做出不凡的事情都难。

男人和女人与界限。

在界限问题上，无界限、吞噬一切界限往往是女人的特征。所以安提戈涅的故事里，只可能是作为女人的安提戈涅。

用男人和女人这个意象可以解释一切形态及其历史。希伯来，希腊，印度，中国。

---

① 南希(Jean-Luc Nancy，1940—)，法国当前活跃着的哲学家，保罗·利科的学生。

不能用太多计算机,要更多地看纸的东西,看计算机很伤气(物质形态和非物质形态。物质是养气的?)。看多了就没法干别的事了。

2010 年 1 月 3 日星期日

康德、黑格尔的思想的“完整”,和谢林、尼采的思想的“不完整”。

完整也许恰恰是一种失败,因为它可能是在深邃的地方为了思想自身的完美而掩盖了事情本身的真实疑难(典型例子是“逻辑”)。

而海德格尔的风格却总是那样奇怪,他强调不预设真理的结果,坚持在道路之中,在道路之中等待敞开和到来。但是他的行文却是已然完成的。他的行文是在道路全部勘探完毕以后才开始的,所以已经不是一种不预设真理的道路行走。

如果说写文章是一种制作,是一门手艺的话,制作的一个前提就是对 Eidos(希腊语:相,理念)的先行观看和把握。因为作为作品的文章和练习是两种东西。前者是完成、客观、自立自足的东西,后者是内在的、充满了失败和断裂的过程。

2010年1月5日星期二

读齐美尔。他的东西一出来人们无法给它归类，不知道是哲学、社会学还是经济学。对《货币哲学》的一个说法是，它的方法是形而上学的，内容是经济学的，讨论人与人的关系的框架是社会学的。

为什么人们这么想要给一个东西归类？归类有助于理解和把握。归类就是把一个具体的东西放置入一个一般的东西中。规定性的判断力的运用。透过一般才能理解具体事物。

而只有当一个事物能够被理解和把握，人们才感到安定。有时候这会导向暴力，因为它清除了内含在事物中的独特性。

所谓的成熟就是找到了一种工作方式。——这里面却有大大可怀疑之处。

当你无法用直接的语词进行正面描述的时候怎么办？比如说你看到对面院子里的那条狗，跑过去用舌头舔了舔那桶结成冰的水，然后又走回去。这里面透露出动物身上的一种东西。人们把它称为“自然”、“本能”，不具有自我意识等等。这些词都对，但是远远没有把事情揭示出来。

艺术的方式？诗歌、绘画、音乐。

为了表现，为了让人们看见，还有比艺术更好的方式吗？

一个人的材质，这是先天所赋。每个人都禀有，重要的是把它发挥出来的方式和道路。让这个先天的材质恰当地鸣响起来。

今天听钱穆《中国历代政治得失》有声书，很有益。

钱穆讲到，要区分历史意见（即当时人在当时条件下的实际意见。历史研究就是要关注“时”、情境、条件。）和时代意见，不要把我们的时代意见强加于历史意见。还讲到要注意具体制度背后的思想和用意，比如汉代青年23岁起开始服役，是因为青年20岁成年，而按照当时的土地丰年和荒年的规律，3年可以有1年的收成积蓄，23岁起服役是为了让青年能够在服务祖国之前充分照顾到自己的家庭。钱穆还以此驳斥了很多人说中国没有政治思想的观点。他认为中国人不是搞一套政治的空理论，而是早已在具体实践中实行了，没有必要去专门著书搞理论。

理论是僵硬的，实践是柔和的。中国特别重实践智慧（亚里士多德式的 phronesis［希腊语：实践智慧，明智］），重经验，重具体情况，没有那种脱离实践的理论倾向。中国人始终注意的是那种活的、不可能被固定住的东西。以实践的、具体的东西为核心。

读这种有思想眼光的历史学家的东西真的非常有益。因为那同样不是空理论，而是在具体事物中见出思想。想起了福柯的方式。也就是说，在具体的事物中探究那些普遍性的光，但不是为了搞出一套独立的普遍的理论体系，而是获取经验，成就个己，回到实践中去，或者为后世提供自身的经验。

普遍性的东西是光，光的意义不是让你去关注光本身，而是恰恰让你忘记光而把眼睛转向具体的事物。没有光，一切都看不见，而有光，是为了让你看具体之物（澄明。境域。意义。有限性）。光的存在方式和存在者的存在方式是不同的（也就是海德格尔总是在提醒的存在论差异）。

所以搞哲学的人多么需要阅读政治、历史、经济、法律、文学这些具体性的、实践性的东西。而且最好不单单是理论，而是经验性的思考。没有无时间的万世不易的理论（这条命题自身也不是一条实有的命题，而是一条“无”之命题。它不是规定性判断力，而是一条需要实现的无内容的原则（不是康德的绝对命令）），只有适时的运用和调整损益。世间具体的东西都立在消息盈虚的风中。

可是这意味着思想要求思想者去实践，而不是闭门搞理论。可我们这个时代的思想者都是学院里、书斋里的，哪有机会去实践。中国知识分子的存在方式已经改变了。也许留给他的唯一的实践机会是教育。师生之间的时间性的、具体性的育人实践活动。

2010 年 1 月 6 日星期三

浑全不是像朱子理解的那样今日格一物明日格一物，格得多了以后有一天突然豁然开朗。浑全不是数学上的加法——当然如果有某种材质的人，他能够如此一板一眼地做成这种加法，那也是不凡的道路。但这需要极其沉实笃厚的性质才可成功。那是颜回的地位，得一善则拳拳服膺而弗失之。

浑全是一种一开始的浑全。并非参天大树才是一种浑全，种子已经是一种浑全之物。如果种子不浑全，它就发不了芽，长不成大树。参天大树是对浑全的实现，而浑全早已潜在于种子。

这种浑全性人人具备，因为天命所赋，自然所秉（这是天地间奇异的造化之功）。它是潜能。所以学习，格物，其意义是掘出或者通达先天所赋的浑全，令它熠熠生辉，令它鸣响，如此才能发挥潜藏的功用，才能走向天下，做一个完全的人，尽了人之为人的性。

按照《中庸》的揭示，进入浑全有两途：诚和致曲。前者无法明言，诚者自成，浑然天成，尊德性而全体是用。后者则是学习，坚韧，勇敢，谦虚的事情和道路坚持。

读书方法思考：

阅读要有一种纵横的展开。纵向是指对历史的整体贯通，所以要读通论性的著作。横向是对在这个纵向轴上的各个位置的深入，比如古希腊抓住柏拉图—亚里士多德，中世纪抓住奥古斯丁，近代抓住康德—黑格尔，现代抓住尼采—海德格尔。

不仅是在哲学上要形成这样一个纵横结构，要特别注意在重点位置上的深入性，要形成基地；还要扩展这个结构的立体性，比如中世纪不仅要读奥古斯丁，还要注意同时期的重要的政治、经济、法律、医学思想和问题。形成一个整体的有厚度的理解织体。

2010年1月8日星期五

从某一种文化中出来的人都不用过多的言语辩驳和论证，这都是最最直观鲜明的事。你的文化有怎样的特征，你造就的人就有怎样的特征。我们完全没有理由去责怪西方人不尊重中国人，因为我们目前文化所造就的人大都是庸常之人。我们要弘扬中国的文化，就要造就真正自立的中国人。

2010年1月9日星期六

看自己入德以来的体重记录，发现自己又瘦了一些，忽然明白一件事：关键不是你现在所拥有的具体的东西，关键是你整个的趋势、朝向。

对于学问的道路，何尝不是同样的道理。关键不是你当前有多么贫困，而是你的意愿，走向和始终的坚持。

2010 年 1 月 10 日星期日

如果没有组成家庭或者在家庭里没有分工，如果在这种情形下一个人要身兼数职，就会出现一件滑稽的事：前一分钟你在为哲学问题、人类问题、世界问题头痛，下一分钟你开始摆弄电饭煲的插头。

有些东西可以加热你的血液，膨胀你的心脏，令你头脑敞开，境界扩大，令你立足更稳，发愿更宏。比如前面听到钱穆《中国历史研究法》，说他希望在座听讲座的青年中能有一二人受到感召（对“感召”这个现象可有更深考察），把自己的一生奉献给史学研究，立撰写中国通史的志愿。这些事情在以前的我看来是遥远无边的事情，但是我现在已经不这样想了，只要你有志愿，并且持续地每天积累和履行，你就能以简单的方式做成大事。

2010 年 1 月 11 日星期一

那不是我想追求的东西，如果你整天读书却只学会了玩世不恭。

2010年1月13日星期三

白雪，不远处缭绕的雾气，远山，黑色的树林，阴云的天，现在这外面竟像是一个仙境。

2010年1月14日星期四

昨天突然发现一件事情，如果我不出门的话，就是一天不说话的，因为没有人跟我说话，没有说话的需要。

［本体和影子］

打开一盏灯，一个物体就同时出现了一个影子，这实在是一件奇异不凡的事。

在通常的语言用法中，我们总是习惯于把影子视为附属的东西。在影子和本体的关系中，本体唯一真实，影子则可有可无。比如，有流行歌曲唱“在你心里有个名字，我只是个影子”。“只是个”影子表明，影子是次一级的，附属的，可有可无的。事实是，没有一个影子可以离开实体而独立存在。基于这个事实才会有那么多文学作品构设了影子独立存在的故事（比如王尔德“渔夫和他的灵魂”）。

然而与此同时，除了鬼，大概没有什么东西是没有影子的。不管你愿不愿意，不管你多么鄙视乃至憎恶它，影子始终如影随形。影子就是那种你以为是次一级的、附属的、可有可无的，却同时永远摆脱不掉的东西。比如，竹内好说鲁迅的作品中总是有一个影子。所以仿佛话也可以反过来说，没有什么东西能够离开影子而独立存在，至少，你没有见过什么存在的东西是离开了影子的。就像影子对于本体是一种附属的东西，本体对于影子仿佛也是一种附属的东西。

2010年1月15日星期五

今天看到有个大学生因为顺手牵羊拿了超市的28元的牙膏，被发现，第二天跳楼。遗书里写："……这里的每一个字，都是儿子掉一滴眼泪，写一个字写出来的……"。

自杀的人不是不懂很多大家口耳相传的"道理"，而是这些道理都不再起作用，都只是悬浮在空中的理智的道理。人不仅是一种理智的东西，人还有心灵。心灵的机制不同于理智的机制，心灵有它自己的要求和运行规则。比起理智，心灵甚至是更优先的东西。

道不是一个认识的对象。不单单是。仿佛道可以得到周全的把握和静观。道呼唤着行动，时间性的、不确定的行动。道是持续不断的行走和代际承启。道需要人。

人就是那时间性的行动和行走。

想到海德格尔《尼采》上下卷这本书。记得当初看到这本书的时候是在复旦读书时，南区门口那条路的书店里。那个书店现在已经拆掉了。

后来我成了译者的学生。

如今我直接到了作者教书的大学。

这一层一层的上升和接近真的令人产生奇怪之感。

这也一再提醒我，要珍惜在这里的时间。该以何种方式来珍惜呢？要熟悉海德格尔的所有东西，每一本书，每一件事，每一个地方，接近那些在其它地方没有机会接近的东西。

直心：不弯曲直入之心。真正的直心是直接深入到本心。凡夫之人不能如此。直心是不虚假，不多做考虑，直快的起心。直心这个提法有启发。

2010 年 1 月 17 日星期日

哲学领域里似乎可以分这样几流：

第一流　原创哲学家、思想家。

第二流　有判断力的知识分子。阿伦特等人。

第三流　优秀的思想史阐释者。

其他是不入流的。

2010年1月18日星期一

为什么哲学系没有一种团体的感觉?

因为哲学在现代世界成为边缘的东西而不具备了实在性?

2010年1月19日星期二

"思想史"就是思想加历史,就是经史。就是问题(本体;一般性)加历史演变(时间;具体性)。

如果中国的土地上三千年来孔孟之道无一日行于地上,那么地上行的是什么呢?

和S聊天,发现学哲学和学历史的人的思维方式真的不一样。这再次提醒我不能只读哲学著作,要历史、法律、文学全都读。否则太局限了。

2010年1月20日星期三

关在西方哲学里太久,对外面的世界真的很向往,荀子、韩非子、墨子……

我相信的：命运，德性，勤勉。

佛教的悲悯和仁有什么异同呢？悲悯好像是单子个人的，它是单子个人面对世界整体，它以空和无为背景；仁不是。仁不是一下子面对一个抽象的世界之整体，仁是由近及远一层一层展开的。仁是在世界之中（注意这个不叫“入世”），悲悯在世界之外。

人世的很多悲剧是因为无知和不仁。

下午看到 Schwarzcity[①] 里面在展出巴登施瓦本地区的巫婆木偶。

2010 年 1 月 22 日星期五

哈贝马斯说伽达默尔把海德格尔的解释学从乡土风格转换为了城市风格。有点道理。

翻译中要注意的一个事情是对距离的保持。目标语言和母语是两种不同的语言，它们是有距离的。因此译者必须时刻对这种距离有所意识并且将其保持。翻译不是复制。复制没有距离。翻译有其创造的一面。这种创

---

① 弗莱堡的一个商业中心。

造的一面体现为必须在母语本身中完成立义。这是一种生成，是把混沌的、模棱两可的意蕴状态带出并设置入母语表达中。

而且对译者来说，翻译往往是把陌生的语言译入母语之中，因此翻译更偏于主动性的“取”的一面。这是母语本位的体现。

翻译不是做生意的贩子，把东西买入再把东西卖出，中间没有一个游隙空间。贩子和货物一直在打交道却始终没有发生什么关系(关心和工具化)。翻译的本质恰恰存在于这个游隙空间当中。

2010 年 1 月 25 日星期一

儒家如何处理它的整个理想的思想、政治、制度体系被统治者绑架的问题？庄子说的大盗窃国的问题？

物显现的几种类型(作为结构)：

用具(农具，工具，文具，炊具，餐具，武器，都各自安排在一种使用情境中，分别源于人的各种生存方式与条件。现代则有通信、IT、技术实验)；礼物(礼物是和特定的时间和人际关系相联系的)；纪念物(与特定的事件、地域相联系，纪念品)；神器(宗教，护身符，祭祀，法器)；艺术品；装饰物；玩具；自然物。

现代的物作为消费品。

2010年1月27日星期三

[关于鲁迅]

我觉得鲁迅应该引起人们的敬爱，而非愤恨。虽然鲁迅的性格是太容易引来人们的愤恨了。《卡拉马佐夫兄弟》里，长老告诫阿廖沙，不仅要爱大哥米佳，更要爱二哥伊万。米佳是热烈的生活者，充满幻想和强烈的转换，而伊万，他是一个阴冷的现实主义者。鲁迅也是阴冷的，现实的，他处在不得解脱的挣扎中（所以竹内好说鲁迅有种原罪意识）。

鲁迅的特点：

1）鲁迅和维特根斯坦一样是一个没有获得和解的人。（竹内好"鲁迅在本质上是个矛盾"同样表达了这种经验）

鲁迅处在那种经受（Verwindung）的状态。他确实不知道哪个方向是"正确"的，但他也不是一个虚无主义者。

鲁迅以他的方式进入了那个"和"与"争"，"一"与"二"的本质的事体，或者说由这件在他身上变形了的事体主宰着。

2）illusionslos（德语：告别幻象的）。鲁迅不是一个浪漫主义者。

也不能简单地说鲁迅是一个虚无主义者，不如说鲁迅是一个鄙弃幻想的现实主义者。鲁迅有一种坚守的立场，虽然他不知道该往哪里去（竹内好："他一次也没有对新时代指示过方向"），但是他坚持行走。

不做任何高蹈的幻想，只坚持最基本的东西，在最基本的东西中坚持。

2010年1月31日星期日

尼采从早期就关注谎言和真理的问题。兴许尼采对真理是个很执著、太执著的人，虽然他喜欢强调没有什么赤裸裸的真理。

2010年2月1日星期一

这两天发现了一个叫 Rainer Marten 的教授，写了一本 *Heidegger Lesen*（《阅读海德格尔》）。读了论赫拉克利特的一部分，还不错。而且看他以前学习过古典学，所以从古典学角度对海德格尔有一个分析，可以发现一些自己发现不了的东西。后来发现他就是 Y 在磨刀石书店提到的那个人。今天借了他的几本书回来。他是弗莱堡教授，晚期海德格尔五、六十年代的学生。翻了翻他的 *Die Möglichkeit des Unmöglichen*（《不可能者的可能性》），文献中列了很多文学书，有《卡拉马佐夫兄弟》、《追忆似水年华》，司汤达，巴尔扎克等，甚至有《小王子》，很吃惊。书里还有一章专门讲《阿尔加美什》，很奇怪。

他在 *Denkkunst*（《思想的技艺》）一书里也是把普鲁斯特，《小王子》列入参考文献，还有贝克特。

他的 *Heidegger lesen* 的参考文献列法也很有意思，不是按照海德格尔全集列出，而是按照海德格尔生前的写作时间顺序。这个做法很值得参考。

Marten 对 menschlich（人性的）的思考则显示了他的实践哲学指向。

2010 年 2 月 2 日星期二

男人和女人是不一样的。女人是一种自然性的物种，她的德性是漂亮、智慧、勤劳、忍耐，她更多的是靠先天的东西而存在；而男人是一种社会性的物种，他必须有技艺，有能力，有权力，有力量，必须靠后天的东西而成立。

2010 年 2 月 4 日星期四　立春

今天弗莱堡的司机罢工。

2010 年 2 月 5 日星期五

左派，右派，自由派，保守派，知识分子互相内战有什么意思？更重要的事情是处理具体问题，关心民众，关心国家，关心国际。

“天下”两字如今到处有人在说，虚词而已，大而无当。

想一想这回事：年轻的海德格尔，和我们一样，读着胡塞尔的《逻辑研究》，读着亚里士多德的《形而上学》、《尼各马可伦理学》。读着完全一样的书，造就出了完全不一样的人。这里面是什么在起作用？【2012 年 1 月 13 日：不能简单说是“一样的”，因为语言、历史、文化、时代环境都不一样。】

2010 年 2 月 7 日星期日

哲学家的赤裸无情，追求质直的真理，与历史学家的温厚笔触，时间的气氛。

经史交织。

时代氛围是孕育一个思想家的母腹。如果要理解一个思想家，不深入他所处的时代，这种理解就会有失偏颇和公允。如果我们说思想家的作品有着永恒的价值，那么，唯有深入时代情境才可能更好地理解这种所谓的永恒价值。这不是历史相对主义，而是对道之运动的一种领悟。

这还是经和史的一个互相运动。也是对有限性（有限性和时间性,代际,真理的无法整体洞观)的注意。事物都是因时、因地,有条件地产生出来的,同时它又有超越这种限制和条件的趋向,它和这种限制、条件有一种血肉交织的撕扯。

2010年2月9日星期二

发现了解时代很重要,不能光了解一个哲学家的著作、思想,必须了解他的时代,这都是配套的。而这就要了解那个时代的历史、政治、文化、艺术。

比如德国,抓住康德—黑格尔到尼采—海德格尔的思想变化很重要,几乎是一条理解的脊椎。

2010年2月10日星期三

昨天晚上开始下雪。一下雪天地就会特别静谧。

现代社会造就分裂的人,而非完整的人。

对一个思想家,一个时代,一种思潮,一种风格的了解要放在它的前后关系中去理解,亦即作为一个过程性的损益来理解。不能光考察它本身,要考察来龙去脉。

最忌讳的就是反对一种偏执的东西而陷入另一种

偏执。

理解一个东西可以有从大到小的各种聚焦点。往小里看可以一直看进去，往大里看又可以看到很大。不能一直局限在大或者小的焦距中，要不断调节和贯通。习惯了往小看，容易变成坏的历史学家，只有事实和意见，没有基本的主张和理想；习惯了往大看，容易变成坏的哲学家，只知道理念、概念和一般性的大而无当的东西，看不到具体事情的复杂性和多面性。

比较中意精神史的提法，文化史也不错。黑格尔和布克哈特。我觉得纯粹的哲学有问题，需要一种更浑厚的东西，不仅仅是哲学。就像孔子说汝为君子儒，毋为小人儒。要做大哲学，不要做小哲学。

2010 年 2 月 11 日星期四

读到莱因哈特①讲 19 世纪时伯克②的进步观，即便这种进步是无限趋近而永无完满之日的，伯克仍为此骄

① 莱因哈特(Karl Reinhardt，1886—1958)，受到海德格尔盛赞的德国古典语言学家。

② 伯克 August Boeckh，1785—1867)，19 世纪杰出的德国古典语言学家。

傲兴奋，全无沮丧之感。

进步观之类的都是有时代情境的。我们不能就这样简单地在一个无时间的平面上批评进步观的“错误”。放在时代情境中，它才得到了合理性地理解和解释。就像海德格尔说科学曾经一度具有解放人的力量，而如今力量全无了。

每个时代都有其合理性和必然性的方面，首先要把这种合理性还给那个时代，然后才可能去谈论时代的偏颇和不当。否则只是在无知而自负地对历史进行司法审判，全然没有进入到历史之中。

历史作为损益过程。

今天发现一个有趣的现象，德语的 Gelehrter 一词译为中文是“学者”，但是德语字面意思却来自于“教”。

想起亚里士多德，能教授一个事物的原因的人是更智慧的人。

而海德格尔说过，一个教师的意思是他是一个最优秀的学习者。

2010 年 2 月 13 日星期六

文化精英教育与中国的未来。

中国历来都有一批读书出来的贤人，他们是社会的支柱。

而现在我们社会的精英都是商界精英。

需要重新培植贤人阶层？

重要的不仅是创作者本人，阅读者、评论者也很重要。有创作者，作品和阅读者、评论者，受影响者，才敞开了一个之间境域。才有共时性的人际影响，以及历时性的代际传承。

2010 年 2 月 14 日星期日

网络在培养一大帮批评闲人。

2010 年 2 月 17 日星期三

一本书没拿稳，差点掉下去，手立即拿住，擦到书页，书页现出皱纹。

皱了的纸，如何可能再恢复原来的状况？先天和后天之间隔着一道永恒的鸿沟。

2010 年 2 月 20 日星期六

今天天气很怪。上午飘雪，中午出太阳，下午阴天，晚上下雨。

一本好的著作，如果译文不好，它就被毁了，还不如没有。

2010年2月21日星期日

新时代充满了神经质的女人和软绵绵的男人。

新时代疾病：自私，脆弱，敏感，孤独，没有耐心，没有理想和信仰，没有充实的内心，放纵，玩世不恭又渴望爱。

网络世界没有严肃、神圣和庄严。

2010年2月23日星期二

义务可以有两个方向的指向：一个指超越快乐、功利，这种超越不是对立性的、非此即彼的思维，它处在一个更高或者更低的不受快乐和功利左右的层次。它受必然性的支配。它能区分更重要、更根本的，和次要的东西（这有点类似孔颜的那种出则仕，入则自得其乐，出入无碍）；另一个是对立性的、非此即彼的，即分裂的。

宁静的深夜宜于休息，睡眠，但正是因为深夜宁静，所以它特别适合阅读。

夜从喧嚷的白天中深下来，心就跟着静下来。

白天的劳作属于土地的肉体劳作，夜晚于是属于休憩和恢复。而沉思，阅读，从本性上却更加属于夜晚。

这是读书人的矛盾。

读一篇论文是能够读得出写这篇论文的人自己有没有思想深度和“境界”的。

看电影《狐狸和孩子》。讲爱与占有的分别。

狐狸的世界是自然的世界，孩子的世界是人的世界。孩子喜欢上了狐狸，但是他们各有各的世界。这变成爱的悖论。

人会喜欢一个异己的世界，喜欢带来靠近和共同生活的愿望，可是由于世界的不同，共同生活又是不可能的。

或许这里面有一个结合的过程，亦即各自保有一个互不相同的世界，但是又产生一个共生共存的部分，产生了纽带联系。如此则各有远近，成就疏远之中的亲密，亲密之中的疏远。这是有难度的，具有艺术性。

2010 年 2 月 24 日星期三

物作为见证。见证那内在的东西。既作为自己的见证，又作为公共的见证。

没有见证，事物在时间中会趋于消失。

2010 年 2 月 26 日星期五

从黑格尔的哲学与哲学史的关系，到海德格尔的哲学与哲学史的关系的演变。海德格尔时代，出现了哲学史研究的教授这一物种。这一物种是如何产生的呢？黑格尔时代的大学、研究，到海德格尔时代的大学、研究，其基本精神发生了怎样的改变呢？

我们现在大量的哲学史研究，对同一问题研究历史上各个哲学家的看法、立场和观点，这显然已经背离了哲学精神。因为哲学由对问题的疑惑引导，并且以此为出发点去寻求解答。而哲学史研究没有问题的疑惑(这种基本情绪、热情)，没有对解答的渴求。为什么会有人乐于做这种研究呢？这些人的基本诉求和动力是什么呢，除了谋生以外？

进步和转化有几种方式。

一种是经典涵养，它不一定立即触动到你，它是一种长久的基本修养，提升整个人的质量和境界，它不具有直接功用；这是一种示范性的、理想性的教育。

一种是由切痛到自己的具体问题入手，由近及远，深入探索下去，并尽可能触及整体；这是一种时间性的展开。

晚上读伽达默尔的《真理与方法》，读的译文社的老译本，老译本有很多翻译问题，不知新译本情况如何。但是学习到很多。目前读到论黑格尔的教化思想。黑格尔的精神力量太令人不可思议了。

2010年2月27日星期六

说得清楚的东西和说不清楚的东西。

说得清楚是什么意义上的？可以完全确定地进行把握？

比如说这张纸是白的。这是说得清楚的。

可是这句话有什么意义呢？在日常生活中，说这张纸是白的，肯定有其意图，而不是一个认知判断。

而且大多数东西是说不清楚的。一个人的性格，历史的状况，时代氛围，生命的意义，感情，艺术。

如何通达那些说不清楚的东西？

分析性的、论证性的哲学必须建立在良好的人文教养（文学、历史、艺术判断、法律、道德、政治、宗教等等）的土壤上。在这一点上认同青年尼采的立场。

这种人文教养造就良好的趣味、德性、见识，它们贯通了情感和理智。

哲学不能在脱离大众的概念迷宫中自我绕圈。

2010年2月28日星期日

不要让自己在未来为今天的所为感到后悔，这就是对今天的要求。未来的引领。

中国古乐有种穿透音响和静默的空灵通透的东西。

它不像西方音乐，是一种大地性的黑暗厚重的沉默，与雕塑、建筑般巍峨的声响的一种关系。

中国古乐中有庄严吗？庄严、崇高这样的东西在中国有吗？或者说以什么形态存在着或者转化了？

2010年3月1日星期一

晚上在图书馆看了2个小时海德格尔全集，很有收获。在公共空间看书在自己家里看书感觉和是不一样的。

又看了一点康定斯基的绘画。看着那些后期绘画，你无法看到具体的"什么"，你也不知道这些画到底意味着什么。我觉得，如果把这些画随便堆在什么角落，没准儿你会以为这是小孩或者其它什么乱七八糟的人画的，总之你失去了判断的尺度和通达这些作品的方式。相比较起来，古典艺术好像根本不需要什么通达和辩护，它们是自然的、没有畸变的人类艺术，有天然的可理解性?

2010年3月2日星期二

“教化”和“规训”的区别是什么?
善良意志和权力意志?

2010年3月3日星期三

崇高的理想,踏实的工作,两方面结合。崇效天,卑法地。

2010年3月4日星期四

神和明有关。
因此神和一种光亮有关(鬼作为“归”与此相对比)。
明和心。领会。

2010年3月5日星期五

去策林根看了海德格尔家。看了马丁·海德格尔路,应该算是一条林中路。树林里看到很多啄木鸟,在树上啄。

我们的史书叫“春秋”。这有没有历史渊源？

春秋原本是四季，是自然，我们却用它来指历史。

近来经常想到预先筹谋的问题。人生是个长过程，要有一些预先的筹谋、计划和积累，否则到中年晚年，面对的只是后悔，你发现太多的事情都没有去做。

2010 年 3 月 6 日星期六

今天听到一个好玩的说法。竖排版的书读起来一直是在点头，横排版的书读起来一直是在摇头。

2010 年 3 月 8 日星期一

晚上醒来的时候看见满天星辰闪烁，很美。

“随便”，这是个很好玩的词。

看邓晓芒讲黑格尔的视频，他说自己花了 7 年的时间连续不断地开课讲完了康德三大批判，现在自己已经 62 岁了（看不出来），希望开始讲黑格尔。

一生要精研几部书才能出学问。

海德格尔方面无疑是《存在与时间》和 65 卷。但是我觉得海德格尔的哲学不值得搞一辈子。

梁漱溟:“语言的开悟,它还在意识之中,而真的开悟,是让你生命起变化,你的生命根本起变化,这才算。”

意识与生命本体。

意识是一个表面的自我层,不是一个本体层。

意识依赖着另一个东西,这个东西是更本真的,而且好像这个东西有两面,它可以是欲,也可以是更真的性体。

意识的迷相、不真的可能。

真与不真。我觉得“幻”这个提法不好,这个提法暗示存在着一个与真相对待的“幻”。用“不真”更好,本体只是真,不存在一个“幻”。幻不是自有的一个东西,幻只是一种不真的状态,是对真的远离和错失。

意识与心。

真与关切(仁、感、生)。

我不擅长貌似严密客观的论证展开,我只能说出我在每一个阶段所能感受到的东西。没有了这种感受,我就完全不知道自己在说什么了。那些我所说的,和我也就无关了。

海德格尔也从根本上强调“经验”和“思想”的关系,经常谈到受触及(berührt)。即便是主张“实证”的维拉莫维茨,主张“科学”的胡塞尔也都认为经验的重要。毫无疑问,从古至今伟大的思想都是一种亲证的思想。其基础是亲证。其论说都带有直接的经验和由思者和所思之物之间的关系所调定的热情(所以它也不是简单的浪漫主义者所说的那种直接的感情、情绪,因为这里面有一种距离空间,有一种支配性的关系状态)。显得伟大、客观、严密并不能掩盖其内里的空疏和不知所谓。

从儒这一方面来讲,若对观儒和佛,似极易显出儒的“生”的特征。

因佛讲寂灭,讲了断因缘,出离轮回。——但是这种寂灭也还是有生机的?抑或完全死灭?若是前者,那这种“寂”就是和“生”相与游戏的一个本体状态。

我觉得佛的基本出发点(看待问题的出发点,或曰开端,已经先行决定、掌握了一切,因为其后的东西都是内含在其中的逻辑展开。只有出发点跟自由域有更切近的关联。出发点与“整体”的关系)在于人之欲(轮回是“欲”的一个基本特征)。佛的治疗都是围绕着欲的问题。但是就孔子来讲,儒把欲的问题转化为仁。欲是个体本位的,欲包含对所欲对象的消费;而仁是关系本位的,是人和人之间的相感、相应。仁对过于自然、粗鄙的欲进行了一个“人道”之化。

佛促动儒的本体论层面的澄亮。

相对而言,西哲则似乎长于宇宙论方面。

戒定慧的修习道路的问题是,它先把病坐实了看,然后用种种方法去治病，这只能造成病和药的“轮回”（这样讲好像跟“菩提本无树”扯上了）。

不要向下看，要向上看，要以优异的人为榜样。

2010 年 3 月 9 日星期二

如何保持自己的母语本位性。要坚持读中文经典。

和时间本身一样苍劲。

2010 年 3 月 10 日星期三

在外面的时候，无聊，空虚，不安，不踏实；门坎上的时候，充满预期的害怕；进入后又不能自持，亢奋过度，明亮过度。

这有点抑郁—躁狂的两级震荡结构。这都是来自同一个原因。

应该有一种贯穿始终的温和明亮的东西。

在接受教育阶段要多读经典和大儒之作，因为其文字出自淳厚心灵，自有不同的潜移默化之功，绝非时人、现代研究论文所堪比拟。

经典和大儒之作久读可变化气质，把它们变成自己每日呼吸的空气。

所以读书不能只读文字，要择人，要选择那些伟大的心灵、德性和气魄。文字中自有一些很难分辨而实存的东西，实能潜移默化。有些文章看似博学、有见地，甚至能带给你大量的知识，里面的气韵实在狭小、平庸，不值得多读，更形不成教益。我们这个时代是大众化时代，“文”变得很廉价，随便什么人都可以写文章。写出的东西看得人多、出名了，然后就人云亦云被当成好东西。大众时代不缺乏知识，缺乏的是德性、情操，伟大的心灵以及优良的洞见和判断。教育的时候要濡染经典，养成良好的辨别事物、文字和人的品味，这种品味是很重要的。

气不要浮，要沉。要读气沉之人写的书。

文字有气场，读马一浮能感受到背后沉厚的气场。

静坐练气也是要把气沉下来。使气如盘石一样宽、厚、沉、重。

2010年3月11日星期四

结晶。作品存在。立。

作为陌生化、距离化的作品存在。

这里面有自由。

2010 年 3 月 12 日星期五

下午去图书馆看书，看了几页海德格尔全集 22 卷《古代哲学的基本概念》。后来看到有关海德格尔研究的很多书目文献，光这些搜集研究著作的目录各个国家和语种的就有 10 几种。我们如今应当如何治西学，我们为何治西学？治西学的目标是什么？

了解西方的思维方式？我们现在生活在西方的技术全球化中，这是一个事实。

2010 年 3 月 13 日星期六

要使气常沉在下，不使上浮。气在下则有潜力，气上浮则成欲火，掩蔽真实心（注意“真实”这个词，真和实），掩蔽双目。离中虚坎中满之道还是很有道理的，下盘常实，上部常虚，实能供给动力，虚则灵明有觉。

所以静坐要在使气下沉上用力。

我们现在的社会生活，尤其是网络、商业都以挑动人的虚火上升为目的，挑动人们的低等欲望（性欲、物欲），是以害人。

读哲学太有挫败感了。哲学似乎是一个天生的东西，否则你钻来钻去都不得其门而入。哲学家是有着不同于常人的智性和颖悟的。当然,做哲学研究可以,是个人就可以做哲学研究。可是这样的生活有什么意义呢,这根本不是真才实学。

哲学的条件,超常的理解力,专注,钻研精神。

哲学不是对历史上的不同的哲学家的哲学观点的陈述。这是黑格尔和海德格尔都反对的东西。

但是德国哲学有两种不同的方式:一种是黑格尔、海德格尔式,重史的发展;一种是康德、胡塞尔式,只重问题本身,只想追求一种超越时间的绝对的解答。这两种区分都是如何发生的,其源头是什么?

2010 年 3 月 14 日星期日

今天读到的最搞笑的东西:"抢劫和赠礼是人类最古老的两种产权变更方式"。

看到了哲学对世界的观察的喜剧效果。

真正的文章、著作都是"呕心沥血"而成,是人的精血的物化凝结。

2010 年 3 月 15 日星期一

在你为胡塞尔的"范畴直观"百思不得其解的时候,你得压下焦虑的神经,去餐厅吃长形的面包。

2010年3月16日星期二

两句话：1，只有成熟的人才能真正去爱另一个人。2，爱另一个人让一个人变得成熟。

2010年3月17日星期三

学习外国语言，进入其堂奥的开始是对其产生身体性的语言感觉。

把握原因（真人把握阴阳、提挈天地[语出《黄帝内经·上古天真论》]）

每一个人都有感觉和感受，但不是每一个人都能明白和把握住引起这些感觉和感受的原因，以此把自己提高入另一个层次，活动在一个“先行性”的领域，而非始终被一些不明就里的东西支配。

不要迟疑，直接进入问题——但是这个迟疑也可能是有益的征兆：因为有一个起兴的、原发的领域，它和具体直接的探究活动具有一种根本关系。所有具体的探究活动都从这个“一无所有”的原发领域而来，受其规定。而具体的探究活动必须时刻提醒自己不要脱落和偏离这个原发领域，要始终回到它的气韵中去。

问题根本不是对一个问题进行表面上的“回答”，像交作业给老师看一样。

问题是进入问题之发生场域，始终依凭着这种发生场域进行言说。在这种言说中对事情的理解不断得到加深。

2010年3月21日星期日

不先通自己的东西，如何可能会通中西？

当然要先立住自己的脚跟。因为我们的时代是一个在现实和思想两方面丧失传统的时代，所以在提倡变化的途径之前，先要把传统的文化慢慢拾起来。

哲学著作在中文世界的翻译还是不具备厚实基础的。太多的哲学著作没有翻译进来，太多翻译进来的哲学著作错误百出。译者自身的学养根本不足。而且我们的学术体制不鼓励翻译。

真学问只有两条出路：在体制中而不依赖体制；在体制外。

很重要的是学者的经济独立。

2010年3月26日星期五

避雷针是个很有意思的东西。

2010 年 3 月 27 日星期六

人的生命大体是两方面：一方面要建立正确的认识，要了解什么才是好的生活；另一方面，要知道如何才能实现好的生活。

2010 年 3 月 28 日星期日

今天开始实行夏时制。

听说昨天弗莱堡上午 10 点响防空警报。每年春秋两次，纪念 1944 年的轰炸。

上午翻看沃林《存在的政治》，发现居然还是商务出的。一上来引马克思的《黑格尔法哲学批判》就有错别字，“达成妥协”印成“达威妥协”。错别字在正式出版物中是不可原谅的。错别字一下子把读者和出版物的距离消灭了，把出版物祛魅了。

2010 年 3 月 29 日星期一

今天出去天气很暖。很多花都开了。好像还看到樱花。想起了同济。

某个人身上的某些东西,会让你想起另一个人。这些人与人之间的相似部分,是什么呢?

2010年3月30日星期二

现代中国文化的一个基本任务是活化汉语。

2010年3月31日星期三

傍晚去 REWE 超市买完东西等车时,看到彩虹。第一次在德国看到彩虹,很清楚。他们说德国经常有彩虹,因为天气经常阴晴不定。这两天天气变化无常,常常一边下雨一边出太阳,而且有很大的风。

2010年4月4日星期日

回不过神——这是什么现象?

2010年4月5日星期一

思想是悠远的。思想不可过于急切地陷落在就近的事物里。

可看远,可看近。而那种从远到近、从近到远的调节性本身,是什么?

2010年4月8日星期四

从有意蕴的东西而来，出走一段路程，回到有意蕴的东西里去。

有意蕴，永远旋转着的意蕴，而不是简单的语词—意义的直接性相配。之间有距离，不可消除的距离。

作为纯粹形而上学的哲学是远远不够的，需要更博大的人文主义视域。

今天发现前一阵买回来的油里面加了白脱，烧出来都是奶油味。西方人为什么这么喜欢奶油。西方人的味道不透，是颗粒化、单调化、平面化的。

2010年4月10日星期六

主体与虚无。
主体与主动。
主动与指引。
主体与他者。
主动与被动。

这些形而上学的基本问题反复遇到：主动—被动，潜能—实现,可能性—现实性。

2010 年 4 月 11 日星期日

现在越来越关注“人文主义”的概念和理念。

趣味,教化。

维柯,赫尔德,席勒,歌德,洪堡。

2010 年 4 月 12 日星期一

今天读奥托[①]的《希腊诸神》(*Die Götter Griechenlands*),感觉很好,打开了一个希腊的文化世界。光读海德格尔是读不出这种希腊世界的具体内容的。

读海德格尔一定要以其它更具体的论述为基础才能发现海德格尔的好处和味道在哪里。这意味着读海德格尔一定要两手阅读,一手读海德格尔,另一手读其它各种具体论述。

2010 年 4 月 13 日星期二

继续读《希腊诸神》,读过海德格尔以后就会发现其

---

① 奥托(Walter F. Otto, 1874—1958),德国古典语文学者,与海德格尔有密切交往和思想联系,受到海德格尔盛赞。

他的著作概念和论述并非十分严谨。发现海德格尔对奥托的评价还是很高的,而奥托似乎对海德格尔也有吸收,比如他的狄奥尼索斯之面具的本质的解释就采纳了海德格尔。

2010年4月14日星期三

翻译的透明性。

翻译文字如果让读者处处撞在这种文字自身上面,就是一种不够地道的翻译,或曰“翻译体”文字。

翻译的文字必须从两个方向来回看都是透明的。

翻译的文字必须轻,不能加重读者阅读的负担。这不是说译品本身的轻或重——有些文字恰恰因本文的风格而需要呈现出重——而是翻译文字必须建立在通道性的基础上。

通道性是翻译文字的基本前提,这是化(想到钱锺书的译文),是对原文意思的吃透,而不是对原文字面的跟从(跟从的结果就是“翻译体”文字。必须以主人的姿态才能做好侍奉的工作。以挺身而出开始,以藏身而退结束。在翻译中,好的挺身和好的藏身互相成就。);而在这之后则有翻译文字的创建性、立义性、物性。前者是翻译的基底,是隐而不见的一种基本状态,后者是翻译作为作品,是敞开性的、树立性的。

[氛围和背景]

形而上学者是那种能够注意到氛围和背景的人，对这种事物具有特殊感官能力的人。

越伟大的人越能在时间的距离中成为不为人所察的背景。

背景是一种境域之光。

2010年4月15日星期四

昨晚读了一段凯斯特纳[1]的 *Aufstand der Dinge*(《物的起立》)，里面讲第一次进入一座城市的美好。很不错，看得很开心。读了过多的海德格尔，看这些文学家的文字就特别开心，看到他们有一颗特别活泼的心灵，春风洋溢。

对哲学的反思。几个资源：

阿伦特的政治哲学角度的批评。

人文主义传统：维柯，德国人文主义。

尼采。

黑格尔的中介问题实际上是一个距离问题？

---

① 凯斯特纳(Erhart Kästner，1904—1974)，德国作家，与海德格尔有交往。

2010 年 4 月 16 日星期五

读海德格尔的书信,可以读到他更切身的所思所想、决定和感受。在成文的作品中,很难读到那种近距离的彷徨、痛苦、挣扎和矛盾。

今天发现海德格尔赠送给布洛赫曼 Stifter 的 *Der Nachsommer*,说这是尼采最喜欢的小说之一。网上一查很厚,有三大卷,是一部成长小说。这个名字近中医的“长夏”,夏末初秋,的确很适合寓意成长。

看到第一句是“我父亲是个商人”,突然想起来前天在旧书店看到过这本书。【2010 年 5 月 8 日:海德格尔《尼采》第 97 页:“举例讲,我们知道,像斯蒂夫特的《初秋》这样一件作品曾得到过尼采多高的赞赏,而这件作品的世界几乎是与瓦格纳的世界完全背道的。”】

2010 年 4 月 17 日星期六

发现如今组织文字很费力,表达不流畅。

2010 年 4 月 18 日星期日

今天阳光大好,阳光在召唤人们出来活动。

注意节日的服装。

节日与劳作。

用与无用。

注意美的闪耀与厚实的基础。

2010年4月19日星期一

今天上课第一天。很累。

不过菲加尔的语言(海德格尔的空间概念讨论班)还大部分能听懂。

上课以后整个人的状态就不一样了。

2010年4月20日星期二

今天听“什么叫思想”讨论班。语言听不太懂。

但是在这里听海德格尔有点不一样,比如主持者介绍文本的时候会说,海德格尔的讲授课是1951、52年,在这里,在弗莱堡开设的。

今天坐巴士的时候有个孕妇上车,司机反应很快地提醒这个孕妇要注意安全,后来开车的时候也明显小心了很多。

2010年4月23日星期五

中午去上“舞蹈现象学”课，在电车里看《身体的秩序》那本书，看到胡塞尔的空间概念、动感等问题，很有意思。坐在对边的人可能看到这本书的名字，下车前问我是不是学生理学的。

现在书大多有电子书，可以扫描、复印。买书趋于纪念性，是对物质形态的东西的保存。书作为物质不只是思想内容的工具和载体，它本身就有一种价值和意义。

2010年4月24日星期六

我渴望飞翔，眼下却在地上艰难蠕动。

越有力量，就越能控制力量，表面就越柔软不彰。

2010年4月25日星期日

似乎命运性的思想家是柏拉图、黑格尔、尼采、海德格尔。而亚里士多德、康德更接近科学家。注意西方三个人的命运：苏格拉底（希腊，被判死刑），耶稣（基督教，被判死刑），尼采（现代，疯狂）。

更接近本源性的、原初性的东西都是难以证明和对旁人劝说的，它更多是一种成熟的自然领会。

网络世界里的人越来越轻佻，永远不缺搞笑的聪明劲，缺的是深沉博厚。

深沉，一个我很久不用或许从来都没用过的一个词。

交。交是人类存在的本质。不管是偏于身体的交，偏于心灵的交，身心兼而有之的交，还是其它类型的交。

而哲学是孤独沉思，是非人的。

2010年4月26日星期一

今天维特根斯坦诞辰。下午上完课心里总觉得要干些什么。去了一次书店，后来也终于什么也没有干就回家了。

2010年4月27日星期二

昨晚梦见海德格尔。在南汇老家接受采访，采访者是德国人。有几个我的亲戚在旁边看。海德格尔说的是德语，我半懂不懂。后来我也用德语问了他一个问题。梦里面的海德格尔长得不像海德格尔，我瞅了几次心里狐疑。但是那个海德格尔气场非常强大，身体很大，头、手指头都不是一般的大，一看就是“伟人”的气—质。

诚。

诚者自成。

这里没有论证的位置，因为论证恰恰来自于“诚”。

但是，这个诚者自成和基督教的启示区别何在呢？

2010年4月28日星期三

观察西方哲学史上哪些人没有结婚生子，而其思想和有家庭的人有什么不同。

做完博士论文以后要静下来读几年时间的书，把中西的经典全都读一遍再说。

同时要不忘写作，写作是思想的主动锻炼。

读莱因哈特的《荷尔德林和索福克勒斯》。感想：

1，莱因哈特作为语文学家，能够超出纯粹语文学家的立场，欣赏到荷尔德林表面上错误百出的翻译的意义，难能可贵。

2，读海德格尔一定要读他读过的东西，以及其它论者的论述。荷尔德林就是一例，你读过荷尔德林，读过其它人论荷尔德林，才能发现海德格尔非凡的地方。

2010年4月29日星期四

前两天刚听菲加尔提到 Kettering 的 *Nähe*(《切近》)一书,后来就读到 Susanne Ziegler 的书开头也提到这本书。这真的是一个非常好的点。大概也只有女人能够敏锐的抓住这个点吧,因为女人需要近。

西方思想的主奴模式,与中国思想的阴阳互补模式。这岂非一个核心部分?从中可以引出一大堆问题和结论。

一方与另一方,冲突与和解。偏执与"之间"(但是之间的说法不细致,阴阳是主从的关系,各司其职而互相配合的关系,而且阴中有阳,阳中有阴)。

我总是以为有一个根本的真理藏在哪里等待我发现。其实真理是简单的,问题在于你如何通过具体的行动来昭示真理。

当你看懂一个东西,也就是说,在字面的阅读中聚集到(海德格尔讲的作为聚集的 logos[希腊语:语言,理性,逻各斯])一种思想,一个核心运动,你就会感觉很舒服,眼睛好像有了聚焦点。

这一阵欧洲真的有意思。希腊陷入经济危机。德国的媒体经常就是德国和希腊的援助关系的新闻。

而德国和希腊的关系恰恰是海德格尔的思想主题。

西方女人好看，但是不悠远。

读 Jochen Schmidt 的论索福克勒斯和启蒙的问题（《经典与解释》辑刊）。他从启蒙—虔敬的角度来解释索福克勒斯悲剧如何反映当时雅典的历史状况，很受启发。而且似乎在提示我走出形而上学，要考虑形而上学与政治、伦理、神学等现实生活中各方力量的互相关系。

索福克勒斯、柏拉图，这些原本飘在云上面的理论文本，从当时希腊的历史冲突去观察，拥有了一种别样的生动性和话语力量。

2010 年 4 月 30 日星期五

今天是上海世博会开幕式。看了一半，心情复杂。北京奥运会之前是四川汶川地震，上海世博会之前是青海玉树地震。这种世界性大国展示和国内天灾人祸的强烈对比。

还有世博会必然要把世界各地的元素结合进来，非洲，新西兰，日本，中国，欧洲，这整个的基础和框架是什么呢？那个在舞台上乐呵呵地唱着歌向世界观众进行表演的胖胖的非洲女人，她平时的生活是怎样的？她了解她的表演的家乡起源、神性联系吗?

中国这几年一直的一个关键词就是“变”,而且主要是经济巨变,现代化进程。但是必须思考扎根、根基的问题。

角度。
你站在什么角度,就会看到相应的什么东西。
但是有不受角度局限的状态吗?
庄子的问题。

2010 年 5 月 1 日星期六

zeitlich(德语:时间性的)和 sachlich(德语:以事情、问题为主的)。

我的问题是太偏向 sachlich 的东西了,但是还有 zeitlich。关键是保持两者张力,而不是把两者互相还原为其中的哪一方。

黑格尔的问题就是把 zeitlich 吸收入 sachlich 里面而实际上取消了 zeitlich 的意义。

zeitlich 和 sachlich,这意味着历史和哲学,时间与存在,政治伦理与本体论,《春秋》与《周易》。

今天读到 Kettering《切近》中说到 Fernsehen(德语:电视机。字面义远视机)。她说 Fernsehen 应该叫

Nahsehen（德语：近视机），因为它把远消除了。

2010年5月2日星期日

现在读书的时候好像在感受赫拉克利特的那句话，你们不要听我说的话，而要听 logos（希腊语：语言，理性，逻各斯）。在阅读的时候要进入语言所从出的那片意义域，要把自己聚集到那片意义域里。

2010年5月3日星期一

自从看《希腊诸神》，思路完全放开，精神就在别处活动，没有安下来，整个人处于失神状态。

晚上回来的巴士上，坐在我旁边的男生问我是不是哲学系的，因为他见我在看一本有关荷尔德林和海德格尔的论文集。我说荷尔德林很难，他郑重地朝我点头。下车前他祝我收获多多。后来发现他是哲学系的本科生。

2010年5月4日星期二

“伟大的事物都矗立在暴风雨中”（海德格尔转引柏拉图《理想图》中的话），但是，如果没有暴风雨呢？

希腊的那种崇高，那种主人道德，必须以奴隶道德，以深渊为反衬?

主奴辩证法。

Kettering继承Richard Wisser强调海德格尔的道路特征,这点非常好。而且这种道路性不是外在的"方法",而就是海德格尔思想本身。

2010年5月5日星期三

现代人到处都在进行计算,哪种手机付费方式划算,哪种网络高效,哪种计算机性价比最好,哪种机票最便宜。在这种对计算心的持续使用中,现代人不是活得太累,就是活得太小,不是活得太不从容,就是活得错失了本质的东西。

2010年5月6日星期四

中国人治西学有一个很直接的语言问题。单比较语言的话,以海德格尔为例,德国人读海德格尔肯定比我们读得快,他们也许读过所有出版的海德格尔全集,而我们却要慢慢啃。那你能做得比德国人自己更好吗?那我们岂不是只能跟在外国人后面做?这有什么价值?如果是跟在外国人后面做,还不如直接翻译外国人已经做好的东西。

真正对我们有价值的东西,需要我们的创造力和智慧。

2010年5月8日星期六

今天被称为 Mega-Samstag（德语：超级星期六），商店二十四小时营业。一年一次。

今天在图书馆看到霍布斯还写过《哲学的要素》（*Elements of Philosophy*）这样一本书，第一卷是身体，第二卷是人，第三卷是公民。

做海德格尔，不管其它，先一个字，熟！滚瓜烂熟。

发现 Hölle（德语：地狱）和 Höhle（德语：洞穴）发音是一样的。

2010年5月9日星期日

写作是思之聚集。——但是注意苏格拉底现象，沉思现象（完全离开写作—身体的沉思?）。

思之聚集带来眼睛（身体、气血）的聚焦。

即孟子说的志与气。

聚与会，与通。

我发现我绝对不能光在普遍抽象的东西里面，因为这样我不知道何处措手；但是也不能光在具体特殊的东西里面，因为这样我感到盲目。所以必须是一种抽象和具体相交通的东西。

哲学是多么艰难的东西啊。它绝对不是日常状态下的产物。

读海德格尔越来越出现一个危机，必须读其它人对同一个解释对象（比如尼采、荷尔德林）的研究，否则你就死在海德格尔思想上了。

发生灾难，就有心理学专家出来为受灾民众解决心理影响。这种技术方式非常值得怀疑。

但我们又应该怎么做呢？缺少了什么呢？

2010 年 5 月 11 日星期二

必须坚强地写作。

晚上去 Seepark① 参加纪念 512 地震的活动，人很少。

现在的这种纪念活动很成问题。一个是发言时候似

① 弗莱堡大学学生宿舍所在区域。

乎话语资源匮乏。以国家的名义还是什么?还有死者往哪里去,我们现在的解释乏力。另一个是仪式程序的匮乏,只有点蜡烛,然后中间放一束花,然后是默哀,然后是一个同学发言,其它就没有了。

我们现在真是需要生成创建的时候。

2010年5月13日星期四

今天是耶稣升天节,放假一天。

我们为什么要研究西学?这个问题现在有答案了吗?我们要研究什么样的西方,以什么方式研究西学?

没有对目的的追问和自觉,就是盲目。

在肆无忌惮地批判一个东西之前,首先应该自省我们有没有受益于那个东西。

可以搞一个"背景现象学"。

胡塞尔的动感、现象学式地看特别能触动到自我,因为它是一种现实地实行,特别能唤起一个自我。

2010年5月14日星期五

绝对主义—相对主义的问题是因为人的僭越要求?

天人相分。

人若持守自己的界限……

请问各种形形色色的形而上学批判者，如果没有柏拉图主义，没有本质主义，没有逻各斯中心主义，这些你们所反对的东西统统没有，你们该怎么办呢，你们还有事可干吗？而对于我们这个本来就没有过形而上学分裂的民族，似乎先要努力学习形而上学的分裂本身，进入这种分裂，然后才能理解现当代哲学对形而上学分裂的克服努力。也就是说，我们先要努力让自己成功地掉进陷阱里（由于形而上学的非人特性，这种努力还未必成功，有人终生努力而未见其成功），然后才能看见和体察到现当代哲学从陷阱里爬出来的努力和辛苦。

如果说形而上学之分裂，是一段错误，是一场病，我们为什么要去努力学习这个“错误”，为什么要让自己努力得上这种病？我们到底应该干什么？

如果海德格尔中期的绝大部分努力都落在“形而上学之克服”上，对于我们这个非形而上学（柏拉图主义）的、因而也就根本不存在克服形而上学的问题的民族，该如何对待这种爬出陷阱的努力呢？

如果海德格尔的“疏明（Lichtung）”、“Ereignis”（德语：发生事件，本有）的经验一早就是为我们所熟透的经验，那我们学习海德格尔是在干什么呢？通过对海德格尔的学习来发现原来我们自己是这样的美好?

我们现在很多思路是从德里达、福柯、马里翁、南希等一批法国思想家的视野出发,来反观胡塞尔和海德格尔。并不是真正独立地从胡塞尔、海德格尔那里发现了什么。

思想立场。

论述海德格尔逼得我得确立自己的位置、立场。而立场其实只有这几个原型:希腊,希伯来,中国,印度。

2010年5月15日星期六

反思:

我本来固有的模式是,阅读原著,深入原著所指涉的事情,在我的理解中也就是"真理"。但现在发现其它人读书起码一半以上不是读原著,而是读研究,只有这样才能进入当下的讨论空间。原著成为背景和回溯的地方,讨论总是涉及当下。

我总以为有一个原原本本的真理,通过阅读经典可以洞彻这个真理。但是似乎真理之持存只是一个部分,另外一个部分是当下的讨论、行动、变化生成,或曰损益(损益是个好提法,沟通了变和不变)。

也就是说,我还是隐隐地有一种符合论的真理观?

而实际上，真理要求着我自己的主动参与和创建，一种主动和被动的互动。

读人文主义、实践哲学的东西，伽达默尔，维柯。读具体的历史、政治、诗歌，弥补形而上学的空虚。

2010年5月16日星期日

热忱的心灵（丹田？）和清冷（清明）的眼睛。

2010年5月17日星期一

读德语读多了现在读英语变得很痛苦，完全和心智不合拍。

今天在公交车上想到一个问题，拿笔出来记，记着记着就开始犯恶心。

现代人凭借现代交通工具总是在做身体的快速移动，这是脱离了自然轨道的状态。在自然的界限内，人不可能做这种高速运动，除非从悬崖往下跳。

这会造成一些不良后果。

我觉得在车里记东西是因为写字的时候需要精神的集中，而精神集中意味着一种静止的状态，这和身体的高速运动形成强烈背离。

晕车不是一个简单的生理现象。

2010 年 5 月 18 日星期二

进益之道在于谦。

谦乃自谦。

自谦意味着它不是在和他人的比赛过程中遭到了“失败”，因而在事后发现自己原来有所缺少。在这种向外的败下阵来和向内的暗自不平中，回家暗地修补，修补完了以后跑出来再比，如此以至无穷。也许有一天他自以为修补到了不败之地，而实事上他好像也确乎打遍天下没了敌手，可这终究虚妄，因为并没有那样一个起于他的自我意识的、固执的不败之地。

谦乃自谦，它从根本上无涉于和他人进行比赛。

如果他始终是在比赛，他就始终失败。

“山外山、人外人”这句俗语，不是指山外面更有另一座山，如此以致一种数字计算上的无穷。山外山、人外人说的是一种本质性的“大”。

但是君子何以自谦？它只是“故作”谦虚而成为“文人”的礼貌乃至伪装？

谦是对道本身的应合，是人法天。

何以一定要倾空一只杯子，才可能往里倒水？何以竟然是“这样”？

我还未解其中奥秘。

治病和育人都不是把对方的缺点拎出来批一通完事，必须向其指出一条通往健康的具体道路。维特根斯坦：“要让某人相信真理，仅仅说出真理是不够的，人们还必须找到从错误到真理的道路。”

这说起来简单，做起来却是要投入多么精诚的思想努力。

2010年5月19日星期三

今天东坡芋头谈到透视法的毒害的问题，极其重要。

透视法及其突破，西方的古典空间概念与现代空间概念。

另外还有中国画的问题。

这些都是统一的：建筑，艺术，政治，伦理，形而上学。

必须用西方的语言本身来理解西方的表述和思想，不能用翻译过来的中文来理解。翻译了以后只能加深理解的难度，虽然看上去比原文读起来更方便，其实从理解的角度讲，是更困难了。

2010年5月20日星期四

海德格尔在1947年写“来自思的经验”，其中有一句诗：“向着一颗星前行，只是这样”。

想起康德的头顶的星空。阿多诺的星丛。海德格尔那里是一颗唯一的星星。

可是这不就意味着，海德格尔还没有化入这个“一”的事情吗？他在朝向这个“一”的途中。如果真的化入了这个“一”，所说处处是这个“一”的消息，何必要特别地向着这个“一”前进？

海德格尔自己也说存在是 das Übernahe（德语：过近的东西）。这个 Übernahe 不是说存在离我们很近很近——再近的东西也仍是有距离的。这个 Übernahe 是说，存在根本不是与我们相对而立的东西（本真的远和近的前提是一种至为柔和的贯通性的能屈能伸——注意这个“能”），而是我们整个就在存在之中。“一”不是同样如此？

对于“一”，问题不是朝着它进行道说，而是在它之中进行道说。

2010年5月22日星期六

现在草越长越高，风一吹，波浪一般反射着阳光。

当风在阳光下吹过，草地就成了大地闪亮的头发。

2010年5月23日星期日　圣灵降临周日

学问跟身体一样，是“养”出来的。

不是为了讲一个干巴巴的，从水里捞出来摆在旱地上看的、寸步难行的道理，而是在对道理的理解中赞美、赞叹它，并且实现它。

2010年5月24日星期一

我觉得我的基本思维框架中有种“大全式”的思想，我希望先得到一个大全式的概观，然后以此获得确定性和把握性，然后开始“正确无误地”工作。我不喜欢未知和冒险，喜欢安全和可靠。

我的思维机制似乎太黑格尔了。

2010年5月26日星期三　海德格尔34周年祭日

中午一起来，就有人按门铃，一看是一个黑人和一个韩国人，两个女的，来传福音，告诉我未来的样子，上帝会让人们都生活在和平中。

2010年5月29日星期六

看古佐尼[①]的*Gegensätze, Gegenspiele*(《对立,对立游戏》),还不错,就是有点过于散文化,感觉不到太强的哲学骨架的支持。其中多次用《小王子》来谈论人和人的关系。

用《小王子》确实可以谈出东西。不过我不太喜欢《小王子》,这个东西太软弱,没有强大的底子。

2010年6月1日星期二

闭上眼睛就用心。

心明,眼就亮。心明,眼才亮。

2010年6月6日—6月8日　在慕尼黑

慕尼黑大学:帝王式的感觉,学校主楼矗立在街道两边,大楼前各自有一个高大的喷泉。里面的Audiomax大教室,海德格尔曾在那里演讲。结构像音乐厅,座位布局是立体的,演讲台在整个空间的最底部,演讲台正面方

---

① 古佐尼(Ute Guzzoni, 1934—),弗莱堡大学哲学系教授,海德格尔晚期的学生之一。

向的座位层层上升。

还有一个慕尼黑大学最大的教室，在二战轰炸时完好无损地保存了下来，大门上写着：Das Wahre ist Gottähnlich（真理是与神肖似的）。大门很高大，上方有一个女神的头像，大门上是一排排金属的纽扣式装饰。里面的建筑很复杂，正面的墙上是很大的壁画，壁画下面有一圈白色的头像。上面一层的墙上有一圈面具，侧面的墙体有一只以星座、行星轨道为背景的钟。

哲学系图书馆外面是一个纪念托马斯·曼的大厅。

参观有关希腊的博物馆：一个特展是展现希腊妇女的强大，主题都是有关希腊女神战胜男神的神话，有很多以前在画册上看到过的瓶画。这显然是迎合当代人趣味的展览。另一侧常规展则是有关荷马史诗等内容，还有很多狄奥尼索斯的东西。出来后买了一张阿波罗砍杀泰坦神的明信片，跟我论文有关。

参观现代艺术博物馆：看到 Eigon Schille 和其老师 Klimt 的画。其中一张是 Klimt 画的维特根斯坦的姐姐。

整体上慕尼黑常常让我想起上海，大城市的情调大概都是相像的。

2010年6月12日星期六

列维纳斯将伦理学作为第一哲学，这种思考本身是否是伦理学式的，或者也还是形而上学层面的？“伦理学作为第一哲学”这种思想本身的位置、属性是什么？

2010年6月13日星期日

中介的位置：它的必须和僭越可能。
人作为自然的中介（技术、工具）。
诗人、哲学家、祭司、王作为人神的中介。
翻译作为中介。
中介，第三者，摆渡者。

2010年6月16日星期三

“静物”这个词是如何来的？难道还有“动”物？

野性——现在喜欢这个词
F. G. 云格尔[①]纪念海德格尔60岁的文章 Wildnis

---

① F. G. 云格尔（Friedrich Georg Jünger，1898—1977），德国作家，恩斯特·云格尔的弟弟。

（德语：荒野），这是他的一个关键词。

劳伦斯的原始感性。

惠特曼。

野性——物性——大地性——感性——质——粗朴。

大地的归属性、安全性、遮蔽性。

而海德格尔没有发掘大地的暴力与野性？

2010年6月17日星期四

海德格尔后期进入语言本身的问题是有道理的。语言本身作为界限，作为境域，作为能指和所指的差异与同一的发生。但是海德格尔的问题在哪里呢？为什么他没有返回日常性、公共性、伦理、政治、道德、身体呢？

但是这种返回又该是怎样的言说？如果我们今天替海德格尔实行这个返回的话，怎么做？注意不是事后添补，而是原初争辩。还是要回到存在与存在者的问题？海德格尔后期抛弃了存在者？而存在者才牵出日常、公共、政治、道德、身体？海德格尔那里的"世界"概念呢？

2010年6月19日星期六

爱与独特性。参《小王子》和古佐尼，黑格尔的特殊性—普遍性—个体性。

不是作为普遍性的例子的特殊性。

我发现我在慢慢离开海德格尔的某些思想，变得更加独立和自由。

2010 年 6 月 22 日星期二

哲学与虚无主义。哲学是虚无主义的原因？至少它让我的生活变得虚无。

即便是海德格尔，也是这种效果。

海德格尔那里缺少实在的物质，他越往后思想就越虚空。

家庭、公共领域、身体、物质、日常生活，这些在海德格尔那里全都是空缺乃至虚无的？

在海德格尔那里似乎还是存在—存在者的关系问题。在他那里是要从存在者问出存在来，是朝向存在之领会的，但却没有返回存在者的运动，只有那种超越的、形而上学的运动。这和洞穴之喻一样，海德格尔注意的只是形而上学，却没有注意洞穴的出离和返回的双向运动。

海德格尔为什么不能下降呢？从存在下降到存在者，从哲学下降到日常生活。Ungeheuer-Geheuer（德语：非常—平常）。不能下降意味着还不自由，自由一定意味着一种自由回转，意味着向上和向下的自由运动。极高明而道中庸。

如果尼采的查拉图斯特拉总是与动物相伴的话，注意海德格尔那里，动物、植物、石头、星星、人工器物的各个位置。

2010 年 6 月 26 日星期六

在中国思想里，道，阴阳，都是可落实在具体的人伦日用中的，海德格尔那里呢？除了“跳跃入”这个本质性的思想维度，就没有出来了？就一直呆在这个思想维度里面？海德格尔的思想是不完整和仍然分裂的。

2010 年 6 月 27 日星期日

海德格尔后期越来越走向纯思、走向杳然无迹地被动听命是有问题的。至少相比于前期的主动、意志来看，让人读多了很消极。还得看尼采来补充。

晚上快 12 点了出去扔垃圾，今天月亮很圆，黄色，低矮近人。夜晚呼吸自然中带有干草气味的空气很舒服，以后应该多在晚上阒寂无人的时候出去走走。

2010 年 6 月 28 日星期一

现在读海德格尔读多了出现的问题是陷在思辨里面

而碰不到实在性。他用的基本概念都不知道怎么具体落实,更加不知道怎么和别人沟通了。必须要用一种公共语言才具有实在性。

必须要多读其它哲学家的东西,读尼采。

2010 年 7 月 1 日星期四

语言。

好的哲学写作不是把语言当成捕获思想和意义的工具、手段,这样一来语言和思想内容(言说内容,意指之物)就总是呈现分裂的状态,因而言说始终是"有关"什么什么的外在性谈论(对象性),不是"在其中"的切实行道(行道之人始终归属于道,而不是把道当成论说的对象)。

因而语言是道(空气)里的一层膜。"在其中"的写作和言说,是完全浸透在道中的(海德格尔说的 Inständigkeit[德语:内立性]?,是道自身的一种显示和振动。整个人,整个语言,都在道里。

这是语言的作品性、物性。就像物是天地之道的贞固,语言是道(意义)的贞固。只有作品性的写作才是真正的写作,因为它来自道的颤动。

2010 年 7 月 4 日星期日

这几天读全集 34 卷《论真理的本质:有关柏拉图的

洞穴比喻和〈泰阿泰德〉》，海德格尔有令古代文本复活的哲学家的思想能力。但他缺少历史学家的厚重，他要令柏拉图的洞喻成为当下每个人直接面对的东西，但这是思想式的直接面对（现象学的精神？），缺少了历史的巨大时空间距。

有些状况很奇怪，外界和个己之间的联系。比如 James Risser 那个讲座涉及 lateness，然后他回答提问的时候开始讲到 lateness of the arrival，恰好就有个人迟到，然后开门进来，大家就发笑。

然后刚才，刚看到海德格尔全集第 34 卷讲我们还可以听到运动，比如一辆车的接近和远离，窗外就传来一辆车开过去的声音，不早不晚。从理智上讲，这种联系是没道理的。

2010 年 7 月 5 日星期一

看学术论文最大的问题是感觉不到意义，毫无生意。为什么世界上竟会存在这种东西？这种完全没有生命力，因而也谈不上死亡的东西——这恰恰是真正的死亡。

2010 年 7 月 7 日星期三

不能随意地漂浮在生活的自然流动之中，必须截断这种自然性的昏睡过程，必须独立地醒过来。

2010年7月9日星期五

这两天看海德格尔全集第34卷，看得很舒服，这样的通过解释而得到表达的思想特别文质彬彬，不是凭空地言说。

2010年7月11日星期天

无论哲学家如何对这个世界进行批判，生活在这个世界中的人们自有生活下去、令生活变得更有意思的办法。忧患意识的确不能缺少，但是整天悲叹、批判，又有什么益处？

2010年7月14日星期三

点不着的打火机等“负面”现象都是富有意味的。但这种实践上的负面现象，如何和形而上学的负面性思想圆融起来呢？在实践上，我们不可能总是推崇“失去了才懂得珍惜”的道理，在实践上必须在拥有时达到一种积极的状态。但这如何达到呢？

差异。必须存在极度的差异，才能打开空间。海德格尔那里有极度的差异吗？解蔽和遮蔽。但是他对物、身体、他者为什么没有足够强度的阐发呢？

2010年7月16日星期五

逻辑学是西方最纯粹的一门科学，康德、黑格尔都有逻辑学，相形之下，海德格尔呢？尼采呢？

海德格尔是个过于纯粹的思想家（纯粹居然还有"过于"纯粹一说），这恰恰是他的缺陷，他的不通透的地方。

而这是因为他处于西方"形而上学"的传统中？无法真正打通形而上学和伦理学、政治学、日常生活的壁垒？

晚上Y做什么是哲学的报告，人很少，不过大家有很多讨论。报告后大家又一起去喝酒。大家对Gelassenheit（德语：泰然任之）很感兴趣。有一个搞手机游戏的人居然问我能不能给Gelassenheit设置一个参数，比如到哪个时间就进入Gelassenheit模式。我说不能，设置参数恰恰就不是Gelassenheit了。然后他就纳闷了，这个东西居然是不能应用的。

2010年7月17日星期六

今天看全集第15卷赫拉克利特讨论班，读到海德格尔提到维特根斯坦的一个比方(维特根斯坦喜欢打比方,所以可以跟禅宗比较。打比方与可说不可说,与暗示),说一个人困在屋子里想出去,而实际上门就在那里敞开着,只需要给他一指就行了。还用到一个中国成语,“百闻不如一见”。

2010年7月18日星期日

我现在对“自由”很关注。

自由与“能”,自由与空间。

现在非常需要在海德格尔之外再搞一个人,否则只有海德格尔一只眼睛是看不清楚东西的,必须有具有差异的另一只眼睛。其实最好是古希腊的,柏拉图或者亚里士多德。但是我自己现在也对尼采、胡塞尔、维特根斯坦很感兴趣。

2010年7月19日星期一

晚上看电影 What a wonderful life。看了这个电影对基督教的意义有所觉察。民众需要得到引导,需要希望,需要向善的力量。基督教是一种稳定性的力量。当尼采觉察到上帝死了,这实际上是觉察到整个欧洲的精神力量的危在旦夕。

2010 年 7 月 25 日星期日

大多数的文章都是形式大于内容。它们有一个漂亮的、吸引人的标题，里面的内容却都很无聊。

文章有两种，一种是在地上爬的，一种在运动。前者不能叫文章，只是“学术论文”。

2010 年 7 月 28 日星期三

Y 说菲加尔提到谢林和海德格尔时用到古希腊的“变色龙”一词，说两个都是变色龙，不能随便比较。这个说得是，海德格尔往往是在各个文本中随着语境具体地展开问题，无法把他单个文章的思想固定抽象出来。他前后唯一贯穿的东西也许只是 aletheia（希腊语：真理）。

2010 年 7 月 30 日星期五

早上七点把电影《白》剩下来的一段看掉。这个故事的构思太不可思议了，充满张力又不显豁，而且你拿不准这是重还是轻，你只能说它无比地有意味。这样不着痕迹地运动在界限之中，太可怕了。

比起哲学来，艺术难道不就具有这种强大的优势吗？艺术让你千言万语而无从言语。

2010 年 7 月 31 日星期日

要抓住地利，要在这边多读国内没有的书，利用这边的材料多写一点东西，多开拓一些思路。

2010 年 8 月 4 日星期三

看电影《偷自行车的人》。介绍说是意大利新现实主义电影，提倡把摄像机扛到街头。你不了解背后的这些观念，有时候光看电影就不知道该从什么角度看。

但是如果把摄像机扛到街头，这和纪录片的区别何在？它仍然是以电影的方式来表现，这就意味着本质上的虚构，否则和纪录片就没有了界限。因为电影是表演出来的，纪录片却不是表演。

2010 年 8 月 5 日星期四

今天看别人网页受启发，觉得以后拍照都拍黑白照片。要告别可怜的客观现实主义，要寻找和自己产生关联的东西（但是不能变成主体的表达！）。

颜色是妨碍我的东西，我需要的是黑白，黑白里面有东西（只是还不知道那是什么）。

Mass 也是我的词。尺度。不是“度”，而是“尺度”——关联于一个普遍的东西。

Mass 可以动词化 ermessen（德语：测度）。这个 er 有一种屈伸性、活动性。是无中化有的。

救世情怀的超越。救世情怀有其显见的伟大和荣光，但是救世情怀本身会加重世界的灾难。救世者把世界从总体上表象为与自己相对待的需要拯救的一个对象，从而密闭了世界本身的丰富可能性。救世者把自己隔绝于世界之外，他绝缘地处在世界之外（上？下？旁边？）的一个什么地方。救世者的形而上学机理是主客对待式的。

必须在救世和无事之间。

思想家、宗教家、政治家不是来“拯救”这个世界的，也不是和这个世界一切庸俗的东西不相区分，而是潜移默化地影响这个世界（无心之化）。修己，应物，化世。

和同于世，但不是同流合污。

只有消除一切对待的人，才能真正救世，而这样的人早已放弃了救世的执着观念，或者本来就没有生出过这种观念，就像天地本身。

不能成为“文人”。不能像读书过度的人那样自恋、骄傲，要谦和，学会自我下降。

很不喜欢旅游、游客这些词和事，旅行好一些。——但是学哲学不应该让人越来越挑剔、越来越愤世嫉俗啊。

尼采造成了很坏的影响。

尼采不会给人带来强者的谦卑和同情，他只是揭示了强者的残酷无情。

他为了对立于基督教居然牺牲了全部人性的事物，沉浸在他自己的强大、野蛮、自傲的自恋情绪中。

这种东西对后世直到今天中国的知识分子，造成了多坏的影响。

2010 年 8 月 6 日星期五

要对哲学本身发起批判。包括海德格尔的哲学理解。

要采取一种整体的视角，如早期尼采、布克哈特。

现在每天在哲学的蹒跚和支离中，特别渴望飞行、速度、气贯始终的东西。

6、7 点醒来，睡不着，开始读尼采。读尼采就会把你从平地突然间径直拉高到伟大的高空。

绝望是因为博士论文变成了一个永远在场规定着你

的一个没有指望的内心重压。因此失去了一切自由。没有呼吸的空气。

快乐是人生活下去的必备条件，快乐如空气。

半夜看电影贾樟柯《海上传奇》。贾樟柯的电影好像总有一种扑朔迷离的气味。

2010年8月8日星期日

现在书看多了，开始看一些“文艺电影”。慢慢找到点感觉，文艺电影让你思考，而不是像商业片那样兴奋你的感官。

现在海德格尔读得太多了，对所有非海德格尔的东西都产生兴趣。

海德格尔培养人一种对事物的敏感，经过海德格尔以后会让你对更多的东西产生兴趣，发现世界的丰富，让你走出海德格尔。海德格尔似乎就是这样一个通道性的、开放性的作用。

哲学读太多了，就开始寻找身体，寻找物，寻找自然，寻找运动。哲学是一切事物的对立面，因为哲学把世界作为整体来观照；而哲学也同时让你重新发现一切事物，重新回到世界之中。

要花多大力气才能发出声音，才能把埋在地里的雷托升起来。

海德格尔的 Lichtung（德语：澄明，林中空地），das Offene（德语：敞开域），和维特根斯坦的生活形式如何沟通？海德格尔那里是不是有着重大缺陷？那个先于一切的 Lichtung，和 Mitsein（德语：共在），和他人，是什么关系？和 Zwischen（德语：之间）是什么关系？海德格尔理解的人只是一个和 Sein（德语：存在）对待的个体，虽然它不再是意识，却仍然是那种自我性的东西？

相比于尼采，海德格尔是多么地形而上学啊！

2010 年 8 月 9 日星期一

对于西方社会来说，他们对自行车、自然的发现和偏爱，是以高度的工业化为基础的。他们处在这种作为分裂的差异之中，所以才重新发现了自然。但那或许已经不是真正的自然了，而是一个逃亡地。

这就好像卢梭，对科学的批判和对自然的憧憬是一起产生的。

注意卢梭、尼采和海德格尔那里的“孤独”。

现在对胡塞尔越来越感兴趣，因为胡塞尔的东西都是未完成的，有很多可以发掘的有意思的部分。而海德格尔都是完成了的著作。他的著作、文章没有缝隙。也许除了他的65卷？而那是部手稿，他自己也知道不是完整著作。他的目标却是完整著作，虽然他事实上失败了。也许以后，海德格尔思想更大的潜能蕴藏在他的讲课稿和大量札记中，而不是发表了的成型著作中。海德格尔是需要解构的。这里的“解构”不是消极意义上，而是一种对自由的发掘和维护，是一种生长，是空隙，是生生。

2010年8月14日星期六

早上5点55出发去科隆。火车沿途可以看到莱茵河，阳光中时不时有小波涛，很激动。河流是精神性的东西。

对科隆大教堂印象很糟。就在火车站旁边，感觉专为旅游准备似的，里面都是游客。

科隆教堂旁边的桥，南边的一侧锁满了各种各样的锁，用以纪念恋人们的感情。

在桥上感觉就像在上海的苏州河，远处的桥就像外白渡桥。只不过莱茵河比苏州河要干净许多。

河流对一座城市是多么重要。

2010年8月15日星期天

早上去杜塞尔多夫。一路上看到很多日本商店，还有日本大使馆。还时不时看到一个学法律的日本姑娘，最后发现她跟我们一样是去艺术馆看画的。

杜塞尔多夫的现代艺术馆有大量保罗·克利的画。我们买了一本克利的画册给特拉夫尼。

2010年8月18日星期三

看《鲁豫有约》的赵宝刚采访，是个有意思的人。导演，作为创生、立法、驾驭的人。表演，真与假，对观众的反应的预知和控制——尼采问题。

演员的哲学。

真假问题涉及的面向：演员，胡塞尔存在设定，佛教，儒家的诚，康德认之为真，符合论，尼采真与假（权力意志与真假问题，尼采难道不还是太执着于真吗？），海德格尔的 aletheia 希腊语：真理。

海德格尔的思想很有问题，他没有展开出事物的全部丰富性和多面向，总是把所有问题都拉向基础、拉向存在。

2010 年 8 月 19 日星期四

晚上和 Trudi 一起做红烧肉，烧了一个多小时。做出来还不错。他在 Erehnstetten 的店买的五花肉。

吃完饭一起散步。去看了女诗人 Kaschnitz[①] 的 Schloss（德语：宫殿）和村里的墓地。Lydia 的丈夫 Charly，Kaschnitz，还有 Trudi 的岳母都埋在那里。在墓地里想到慎终追远民德归厚矣。

Charly 的墓上有一块石头，Trudi 说这是意大利科西嘉岛的形状。Charly 生前去过很多次这个岛，最喜欢这个岛。

这些死亡、结婚等大事必须有一种礼仪来使它们得到升华。

2010 年 8 月 20 日星期五

物质比精神更加可靠、坚实。物质来源于大地。

2010 年 8 月 22 日星期日

“民族的脊梁”，这样的修辞，在我们这个时代，还是

① Marie Luise Kaschnitz（1901—1974），德国特人，作家，二战后的代表性诗人。

可能的吗？

2010年8月23日星期一

很喜欢 Annäherung（德语：接近）一词。

问题根本不是所谓的“中西比较”！而是一种真实的碰撞和撕扯。中国人为什么能够把东西搞得这么冠冕堂皇，与此同时又极度索然无味？

在 Dreisam 河边散步，看鸭子看了老半天。鸭子在河流上漂流，间或在湿地上聚集。野生动物有家的记忆吗？抑或永远是天地之间的漫游，永无目标和止息？

现在看到河流真的是很激动。而且 Dreisam 流水潺潺，特别欢快。

“但是人只能有意记住某些东西，却不能有意忘掉什么东西”，这个现象很重要。

2010年8月24日星期二

我觉得我们当前应把中华文化作为一个整体来提，不能局限在儒家、道家等名目上。儒家这个“名”已经饱受争议。应把中华文化作为儒释道三重整体来把握。并且在未来，还要把西方文化吸收进来。亦即一个儒释道西的四重整体。

我们一开始受到的是现在的这种无根的教育。这是一个洞穴状况。这是一个实际状况。

柏拉图的洞穴与自然。

但是，存在一个“不受污染”（德里达词）的纯净的自然吗？糟糕的实际状况和好一点的实际状况的区别总是存在的。

但是实际状况和那个理想的、纯净的自然之间的张力不能抹杀掉，否则会给世界带来灾难。面对这个既存的世界，必须审慎，革命是时机性的东西，有瞬间爆发的革命，也有缓慢不知的革命。

但是柏拉图那里总有一种正确和错误划然而分的执着？

这两天都下雨。山林间的烟雨和云雾，变化，运动。如果这幅画面拍成照片，别人看到照片后恐怕仍无法进入这种“境界”。因为这不是单纯地画面和观看，这是“体验”。也就是说，这是主客相交之境的生成（海德格尔谓之 Ereignis[德语：发生事件]）。

“体验”这个词现在已经被败坏入了单纯主体的领域。然而同主客分裂的斗争，不是通过写几篇批判主客分裂的“学术论文”可以完成的。在这种论文写作里根本没有“斗争”在发生。斗争是性命攸关的事情。问题是和语言的关系，经验和语言的这种粘融难割的撕扯。必须亲身和这些语词战斗，在这种战斗中，打开原初经验的场域，让这个场域再度贞定在作为物的语词中，从而改换语词的整体背景和气韵。在这种语词的斗争和改换中，变化时代的语言以及随此而来的思想。语言是在先的东西，因为语言直接和世界展开相关联（“展开”不是一个原本收拢着的现成的东西的再次平面性打开，展开是一种生成，一种发生）。

“语言”，这是我们要思考并且在其中行动的领域。

体验的“体”。身体的“体”。本体的“体”。

这个体是什么意思？

我们这个时代，尤其在中国，是一个极度晦暗不明的时代，各种观念在冲突。

看国内的同学买哲学著作的中译本。我觉得，身在这个地方，应该多背一点德文原著回去。相比于这里的书，不知道为什么，国内的“书”似乎都不能算书，都没有厚重的物质感觉。

今天看到了非常非常漂亮的红霞。相机没电了，没拍成照片，然后马上出门上山去看，一路上红霞已经退去，太阳已经下山。不过在山上转回头的时候，却看到很漂亮的月亮，藏在森林后面。Bollschweil 是个太美太美的地方。

访谈和审问也许完成的是同样一件事情，可是它们又如此地不同。

在中国的当下社会，如果和既成的现实直接碰撞，那必然是绝望，必须把注意力集中在生成可能性上，几微之处。在那里有一片狭小而能量巨大的自由地带，但这需要高度专注、耐心、审慎。

2010 年 8 月 26 日星期四

清早 6 点不到睡不着了，起来看雅斯贝斯和海德格尔的通信。可以明显感觉到海德格尔的思想强力要凌驾于雅斯贝斯。

我越来越讨厌海德格尔虚伪的人格，但是我无法否认他思想的强力。

语词要有足够的陌生性，客观性，外在性。不能太贴近主体和主体的体验。主体和语词之间要张开一个对峙空间。

这一点我在翻译中感受最深。

翻译容易带来这种感受，因为翻译隔着一种陌生性的语言。而直接的写作往往拉不开这种张力空间，要进入一定程度的写作状态才行。

2010年8月27日星期五　黑格尔诞辰230周年

本来想趁着黑格尔诞辰去买他的《精神现象学》，后来发现无论是Suhrkamp还是Meiner的版本，看着都觉得不舒服，没有厚重感，就没买。

2010年8月28日星期六　歌德诞辰

和Y及Y的朋友Hans一起去瑞士伯尔尼。Hans开车。

先在保罗·克利中心看“毕加索vs克利”的画展，听Y对画的分析。然后在市区闲逛。

伯尔尼极漂亮。民居错落于山间，还有一条河穿越其中，河水是绿色的。

这一阵连续在科隆、杜塞尔多夫、伯尔尼看克利的画。我觉得克利是个科学家、神秘主义者和小男孩。克利的风格非常多变和复杂，极具探索性。我喜欢他的一些暖色调的发光的绘画，看着心里就亮堂。

男人的内心都有一个小男孩。就像女人的内心都有一个母亲。

2010年8月30日星期一

在图书馆看了萨夫兰斯基拍的海德格尔和梅斯基尔希的电视片,题为 Heidegger und Tod(德语:海德格尔与死亡)。是老式的录像带,在专门摆有一台电视和录像机的小房间里看。里面有对 Rainer Marten 的电视采访。还看了有关 Kaschnitz 和 Bollschweil 的电视片。

管理员非常和蔼,结束了还问我是不是以后还看,如果还要看的话可以保留在架子上,否则就还回去了。

2010年8月31日星期二

和 Trudi 及他的女儿 Lora 一起看《指环王2》。无意义的电影,充满暴力和感官刺激,模式化,具有视觉暴力。

2010年9月2日星期四

晚上散步一小会。乡村的晚上是安静、收敛的,四周都是虫子的声音。海德格尔的哲学只有在乡村中才是可能的,特别是后期。自然有一种不可破解的神秘和自持。

计算机、网络使人精神涣散。

让气下潜到小腹，让头部、特别是眼部保持清明。

2010年9月4日星期六

昨晚在昌琪家吃晚饭，她老公做饭，因为他学了一个意大利的菜。晚上还有一个德国人来，是个司机，给 Rothaus 啤酒厂做事。老婆是菲律宾人，有一个儿子。干粗活的人一眼就能看出来。看得出他文化不很高。文化不高的人一般比较直朴，他们的狡诈与恶也是一种直朴的面貌。而文化过度的人则做作，太多伪装。

2010年9月5日星期日

极简主义。最少的外物，和自然的交流，在这种简单的生活形式里寻找真正的基础。我们的生活充满了太多不必要的东西，而这些东西都在不知不觉地戕害生命的根基。它们用过度的欲望伪装、压制、杀伐了最根基性的、生命性的东西。

自然的山林环境，最简朴的小屋生活，海德格尔的文字就出自这样的情调。

了解一个人是否健康只需要很简单的一些指标：睡眠，饮食，脸色，精神状态。

让能生长的东西生长起来，自然是强大的。

颜色与黑白。五色令人目盲。

2010 年 9 月 6 日星期一

前天和 Trudi 聊天。聊到德国的种种问题。德国的离婚率是三分之一，德国的小孩很多都早孕，性观念太随便。

欢乐、感动能生阳气。

生活是诸多事务和操劳，是“有”；同时需要保持空无的一面，如此才和谐互动。

昌琪家给我的感觉是，过上这种生活以后就没有问题了。到世界各地旅游，品尝各种美食，看电影，参加各地的节庆，玩游戏，和朋友聊天。一种没有问题的生活不就是人人想过的一种生活吗？

2010 年 9 月 7 日星期二

大地之维。
尼采，荷尔德林，海德格尔。

海德格尔的大地还是形而上学的大地。

尼采不同。

身体、潜意识、本能、伦理—政治，都是大地之维的凸显。

要达及天地，学院的东西都是废品，毫无意义。

清寂。一直清寂下去。

不看书，不听音乐，一直这样下去，直到产生什么感觉。

2010年9月8日星期三

下午回家的时候又碰到W，他是从清华来的。北大、清华的人身上有一种大气。

2010年9月9日星期四

观想天地，达其广阔。

2010年9月10日星期五

韩老师问我在德国感觉如何，收获大不大。我一直在想如何回答。这差不多一年的时间我自己有很多感触、很多变化，但是还要整理和表达。表达本身是一种生成和带出，不是对已经存在的东西的直接摆出。

在林间走和在城市的街道上走，两者迥异。在林间，人的注意力是收集着的，仿佛随时都有未知在等待人去发现；而街道上，人的意识涣散，因为环境嘈杂。

为什么大树在狂风中不倒？因为它扎根扎得深。

2010年9月11日星期六

在法国Colmar的札记：

对于游客而言，一座城市的价值更多地在于外观，在于有可观看的东西，而那些东西就是新奇的、好玩的、不一样的东西。

在一个地方居住和到一个地方旅游，这两件事情总是有巨大的不可跨越的不同。当你处于其中之一的视角时，你就永远看不到处于另一视角下所能看见的东西。

哲学家和文学家，同样去旅行，他们的观看方式恐怕也是截然不同。可对比海德格尔，Kästner对于希腊的不同记叙。

没有知识，就会离一个地方太近，只处于感官层面上的纯粹观看，没有通达、理解、进入。而旅游客，大概永远处在这种难以通达的状态。

Ort（德语：地方）和思想，和人的关系，在全球化时代，日显触目？Kaschnitz，Kästner 都谈论 Ort。有限性、地方性、具体性、境域。

不了解全球化条件下的人的生存状况，扩而言之，不了解各个时代的人的生存状况，又如何能真切地理解那些思想。就像海德格尔之于托特瑙山、弗莱堡、梅斯基尔希。海德格尔是一个乡土思想家，这一点是本质性的。

Ort 和 Denken（德语：思想）是这样密切地联系，根本没有所谓纯粹的思想。

说起来，我高中时通过加缪就已经知道了萨特甚至海德格尔。当时对海德格尔的印象非常模糊，还记得在厕所里我跟人说海德格尔是存在主义的祖师爷。想不到后来我自己就搞起了海德格尔。而现在就身在他在的这个大学，这个地方。

不能太密集地阅读海德格尔，到后来会失去感觉力，要张弛，要盈虚，有无相生，常常回到一种空寂的状态。周易的谦卦。

空间性和物质性，时间性和精神性。

虚静、空寂、空白、空无、撤退，这是这段时间我感触最深的。Auszeit（德语：休息时间）。

看见草场上卷起的干草球，有人套起了白套子，可能是用来防雨。想起了所谓的“大地艺术”。我觉得这才是大地艺术，而艺术家们的大地艺术是一种做作的、矫情的东西。

晚上尝试古代的屁股靠在脚跟上的坐姿，发现脚背极疼，一分钟都坐不了。不知道古人是怎么能坐很久的。中国人是从什么时候开始坐椅子上的呢？

中国人强调日用，这在海德格尔和整个西方哲学中是很难展开的。宗教还不一样。

2010 年 9 月 12 日星期日

Schritt zurück（德语：后退）！
空出与让生发。

2010 年 9 月 13 日星期一

守中。由中而通上下左右。

德国人家里有很多蜡烛和花草。

以解卦来理解 Destruktion（德语：解构）。

每一天的日落,天边都是一幅美轮美奂的画。

下午给晓旭词典,发现亚里士多德和荷马雕像的座椅,其侧面刻有一句希腊文。晓旭边查词典边推理说荷马那个写的是:永远在他人中是最优秀和卓越的。而亚里士多德那句,我估计是《形而上学》第一句(“求知是所有人的本性”)。回来查了一下,的确如此。

2010 年 9 月 14 日星期二

现在调整了生活状态以后,更加不能适应计算机、网络了。再继续下去,到自己更有力量。

如果淤积得过重、过深,在治疗伊始,就必须带有一定的暴力性。就像那种直接烧灼皮肤的艾灸方式。或者就像清洁,对于年深日久的污垢,仅靠简单的冲洗是无法清除污垢还其本然的,必须采用一定的暴力。而这之所以被视为“暴力”,是以一般的尺度而言,对于年深日久的淤积,这种“暴力”却正是合适。当然,这种暴力不具有常规性,它是一种非常手段,当状况恢复正常后,仍是回到自然的常态。

西方在希腊之后就是一段疾病的历史?而这种疾病的病因,很大一部分起自基督教?而在尼采—海德格尔看来，柏拉图主义—基督教是一体的（当然柏拉图本身要更复杂，但是历史往往受“主义”的影响更深）。

每一种疾病的诊断，都包含着对健康的理解，对尼—海而言，健康在前苏格拉底那里。但是具体又不同，在尼采看来，前苏格拉底是一个平衡的文化整体，而对于海德格尔，健康则是一种源初的真理理解。相比起来，海德格尔的想法为何单薄许多？因为他只是一个哲学家，而世界，本来就比哲学要来得丰富、博大。

韩老师的希腊古典视域看海德格尔很好，但是我觉得也要重视“现象学”那种启新的力量，那种“直面事情本身”的勇敢态度激活了古代经典。

2010 年 9 月 16 日星期四

现在一用计算机就气郁，还是少用为好。

资本主义的生活方式真是大有问题，戕害生命的本根。它们用各种花样繁多的好吃的、好看的、好玩的来充塞我们的感官。

2010 年 9 月 17 日星期五

感觉即使是笔记本计算机的声音，也是如此暴力、嘈杂。当这声音一消失，心里就轻松很多，好像一种负担除去。可见噪音对人心的作用很大。声音和心灵相关？

阴—阳。阳乃生发，运动，温暖，阴乃收藏，静息，冷。

但是善恶？阴阳是等量齐观的形而上观念，善恶却肯定不是等量齐观的。如何理解恶的问题？

2010 年 9 月 18 日星期六

整全让我有不适感，需要片断、碎片、玲珑（但不是狭隘的小巧，而是呈现道的消息）。整全是一种死亡，是主体意志。需要进入无边的生成化境。这种无边是人物一体的。

2010 年 9 月 19 日星期日

今天去海德格尔的家乡梅斯基尔希，昨天还是很兴奋的。

梅斯基尔希回来以后，觉得海德格尔鄙视的是城市生活，而非乡村的日常生活。本真—非本真的差异从来没有在海德格尔的基本立场中消失。海德格尔的哲学就是一种黑森林的哲学，是这里的山、树、河、天空、土地所孕育出来的哲学。【2011 年 5 月 11 日：但是做哲学不能仅仅局限或者还原到这些。】

2010年9月21日星期二

上午在弗莱堡的时候在市政厅前的水池旁坐了一会儿，写了点片段。当人在这种日常环境下进入思考状态时，整个意识和环境的关系就发生了奇妙的变化。你既不在日常生活环境中，也不是关起门来孤独沉思，而是处在一种中间性的发生场域里。这时候人会看到一些平时不容易看到的东西，比如 Heinrich Heine 旧书店的老式推车。这时候你在人群之中，但是与此同时你又在另一个地方，人群对你没有太大影响——准确地说，是人群没有把你的意识破碎掉，没有将你带走。你保持自身为一个自由、独立的状态。想到斯坦尼斯拉夫斯基的“意识圈”，想到胡塞尔。

大地是沉默无声的，而杂草、花朵、树木、藤蔓却是它的语言。

谁都能用肉眼看到那些植物，了解大地的沉默却需要别样的察知。

2010年9月22日星期三　中秋

“悠”是一种什么状态？一个无法翻译的字。悠久，悠远，悠扬，悠长。

物质—阴，安固不移；精神—阳，虚灵活转。

2010年9月23日星期四

“生活”（这个词有待进一步澄清）大于哲学，如果哲学只是晦涩难辨的智性活动，而不及于社会、政治、伦理及日常生活，死亡的不会是生活，而是哲学。

觉得光读经典还是难入，必须辅以各代大家的论说以为津梁，由近及远。

读书跟练功是一样的，随时间积累慢慢产生整体性提高。所以贵在坚持。

我不能读辞气粗鄙的东西，我只能读好东西，而其文字背后的气韵是关键。气相感动。

半日读书，半日静坐最好，有无相生。

读文章和品鉴艺术作品一样，都是一眼可知好坏的，是为观之道。

现在这个欲望泛滥的社会恰说明精气神不充足，只能求救于外在的感官刺激来获得简单低下的快乐。看看国内的网站新闻、图片链接,到处都是低下的东西。

读得多,有比较,则高下立现,毋需太多争论。

我们目前的时代是个什么状态?从五四以来就是混乱冲突的状况。

既要有扎实的学养(锱铢必较、精微辨析),又要大与通。

在音乐里,大地呈现为低音部分,低音扎在一种极度聚敛不开的沉默中,是力量之源,是基础。

2010年9月24日星期五

空出与生长。

国人的文字水平是总体退步的,如今的文字毫无气韵可言,必须在老先生们的译笔中呼吸,接上那片空气。

海德格尔的写作,为什么要在托特瑙山上呢,这不恰恰证明了土地、环境、物与思想的紧密联属?而这也从另一方面说明后期海德格尔很难和现代社会兼容。海德格尔的哲学是乡土哲学,不是城市哲学。

德语这种过于凝重的语言对我的身体造成了巨大损害。我需要自由、轻盈、快乐、灵动的东西。灵动，这对德语而言绝无可能。

2010 年 9 月 26 日星期日

打牌的现象。对手的牌一定要对本人是未知的，这样才可能进行游戏。而实际上，这些牌都是可知的。人事的现象却要复杂得多，它不是遮盖起来的问题，而是没有那样一个直接单纯的事实可以去发现。

今天海德格尔诞辰。昨晚读了他的 Gelassenheit（德语：泰然任之）演讲，觉得正面论述 Gelassenheit 的地方明显薄弱。今天准备再读一下他的 Gelassenheit 对话，看看有没有更具体的东西。

读母语和读外语始终不同。母语直接对人起作用，有力量，能唤起和推动。读外语就差很多，始终有隔。

农民“节俭”的品德与资本主义国家里的市民“节约”的观念有何区别？

晚上静坐，坐了较长时间，可能接近一个小时，感觉很好。凡事要做得深久入里，另外又要长时间坚持不息，才有效果。

2010年9月27日星期一

电子阅读器,资本主义,商品社会。铺天盖地的广告,消费欲望,琳琅满目。

2010年9月30日星期四

海德格尔全集65卷是尼采影响的一个结果。

2010年10月1日星期五

Horizont(德语:视域)与理念。

Horizont是一种具体(感觉)和一般(理念)相交织的发生境域。是我们生活其中的不可还原的背景。既如此,为何称为“发生”境域?指向构成?这个境域不是静态现成的、而是一直在发生,虽然总是作为背景隐蔽地伴随着我们。

没有Horizont,理解就是不可能的。

2010年10月2日星期六

参与一种交往性的公开生活,是一个人的生活的基本构成条件。但是如果这种公开生活的内容是坏的呢?

比如当下世界的资本主义生活方式。老百姓自然无需去反思这种生活的正当性，他们只是一如既往地继续生活、工作、娱乐。

上午看黑尔德、伽达默尔等有关 Horizont 的东西。读伽达默尔还是有益的，但是他的论述过于繁琐和学院化，强力不足。

今天是 Mega-Samstag（德语：超级星期六），城里商店开到 24 点。除了购物，狂欢，就没有别的了吗？但是另一方面，你要普通人干什么呢？天天读哲学书？什么是一种普通人的理想生活？富之，教之？

2010 年 10 月 3 日星期日

像海德格尔全集 65 卷这样的东西，是巨人般的，受尼采的巨大影响（读的时候无时无刻不感觉到），你不能用一种日常的心态去阅读，必须在高山上，在一种磅礴的气场中去阅读。

2010 年 10 月 4 日星期一

在艾条剩下最后一点的时候想到“爱物”。节俭的观念是一种非自我中心的、与物保持亲切、保护性关系的。

现代资本主义的方式，毁坏了人与物的关系。【2011 年 8 月 23 日：这是一种农业社会的经验，在现代化的城市社会中，这种经验很难再次得到体认。现代社会也讲资源“节约”，但那是一种主体性的东西。真正的“节约”是主体和他者的一种浑融的互动关系，并不是主体一味地以“节约”的态度去控制客体。两者的区别是整个世界背景的转换。但问题是，现代社会就是建立在现代城市生活之上的，又如何再度打开整个世界背景？这不单单是个人的生活方式的问题。】

2010 年 10 月 6 日星期三

下午走回家的时候，看着五点钟逆光的景色，令人陶醉。

2010 年 10 月 7 日星期四

思想家的文辞，自有其气度与节奏，非一般学院从业者所能比并。

2010 年 10 月 11 日星期一

下午三点，总是一大片鸟鸣和清脆的马蹄声。

吃饭时看《黄帝内经》课程视频，想到阴阳和儒家。儒家讲终始、四时，但不讲纯形而上学的阴阳概念。

若对道、佛有领会，同时更上一层，则能知儒之不可及也。儒的终极性要相形于其它“精彩”的东西才能见出，因此儒极易疲软化为无甚趣味的东西。儒切近人伦日用，但儒更要崇天效地，如此才张开了天—人—地的宽广空间，才不是狭隘的只知仁义孝悌的腐儒。要真能在切近（远～近晕圈）的人伦日用中见出天地大道才行。

长时间的清寂生活似乎很难坚持。还是差异的问题，一开始回到清寂是因为有差异，差异带来新鲜感，因而不厌，但是日子久了就没差异、没感觉了。这种差异是一种对待性的东西，因而是不原初的差异？如何能简单、清寂地生活始终而不厌呢？有乐才能久。

Lydia 带回来《巴登报》（*Badische Zeitung*）上有关中国的报导，主要还是经济的问题，中国是世界都不能忽视的市场。政治和经济，这是世界对中国的主要兴趣/利益（interest）所在，文化、思想只是工具。

2010 年 10 月 16 日星期六

看郝万山先生的《伤寒论》讲解，深有感触，传统决不能丢失，必须代代有人守望，传承。

我们现在这个技术手段发达的时代，资料的保存和传播不再是大问题，问题却是要有一些人，穿越历史，精研经典，成身成物。

要首先和这个花花绿绿的虚伪的世界决裂，才能腾出空间给真实的东西生长。

大雾三天，人都没出来走动，今天又阴雨。不得已去超市买吃的，发现不适应外出了。可能一个人的状态待久了不习惯外面的嘈杂了。而且现在明显感觉到汽车噪音中的暴力。

2010 年 10 月 23 日星期六

目的是第一位的，纯粹的兴趣是其次，那么对于中国思想而言，读海德格尔的目的是什么？

2010 年 10 月 25 日星期一

哲学就是逻辑学，无论是何种逻辑。

身体不是突然差的，是长时间的违逆自然的起居造成的，因此怎么可能在一两个月里就调养好？这必须同样长时间坚持，顺水而下是多么浑然不觉、轻而易举，等到出了问题，为自己所发觉，然后反省过去，困而知学，这时已经晚了。然后逆而上行，花同样的功夫再调整回去，却是一个日积月累，考验恒心的过程。所以，读书明理很重要，否则不知常道为何，处处违逆。而且读书要保持警觉，要时时躬行而验于身。

2010 年 10 月 26 日星期二

为什么说“仁者寿”呢？仁者每日操劳，怎会寿呢？或这是指自然状态下？而现实生活总是一个充满疲惫的远离健康的状态。

庄子很重要，但好像不浑厚。

2010 年 10 月 27 日星期三

网络使人不知不觉地轻浮。还有计算机等，不要以为是你在操作、控制它，不要以为它只是工具，它已经预先决定、设定了你对事物的理解可能。渐渐地，你的思维习惯会在不知（这些“不知”的东西，正是哲学的起始处）不觉中被同化，并以为那是最自然、最正当的方式。

治病的象征：医生必须自己健康，虽然他一直在和疾病打交道，但他自己不能混同于疾病。医生总是在疾病的中间，但又绝对和其相区分。如果他不在疾病中间，他就不了解疾病，因而无从治病。他怎么可能去医治他不了解的东西呢？如果他自己不健康，他就没有说服力，没有足够的能力和疾病战斗。所以医生既在疾病中，又在疾病外。

现实世界是极其残酷的，必须有清醒、更清醒的认识，这方面庄子及魏晋是一个向导。

朋友的标志之一是，他会向你表露自己的弱点。

现代社会，黄老一派特别对症。

2010 年 10 月 29 日星期五

昨晚第一次参加 Doktorand Kolloquium（德语：博士研讨班），这个形式还是很好的，介绍自己的论文，然后大家提问讨论。论文应是在大家讨论的过程中进行的，需要不时地倾听他人的意见，而不是一直自己在那里想。哲学是孤独的东西，但也需要公共性，这样才是一个正常的人。这种形式可以同样在国内展开，我们系需要加强学生之间的交流和联系。

2010 年 10 月 31 日星期日

我需要一种粗犷的、坚质的、运动的、柔和的、自持的、宁静的，统统这些东西相和合的一种状态。玉？如何炼成呢？在岁月中练。

晚上读海德格尔《时间与存在》一文，极佳，论文与讲授课文稿不可同日而语。

2010 年 11 月 2 日星期二

晚上听 Figal 课，感觉很好，一气贯通很流畅、清通。

2010 年 11 月 3 日星期三

经过了海德格尔，世界海阔天空，道路四通八达。

2010 年 11 月 4 日星期四

睡一个好觉，对身体的恢复是多么重要。

感觉用计算机写文章很成问题，计算机把精神引向耗散，而不是聚集。

计算机写作和纸笔写作的区别：

仰头（心神耗散）——低头（心神安宁）。

精神耗散在一个没有限制的空间——可靠，有保护。

本质上没有物质，都是虚拟——物质性、实在性、可靠性、保护性；外在性，相—对性。

回到自然，自然是最可靠的。自然是人工永远无法取代的。

命运跟复仇女神一样，就是那个无论逃到哪里，都追着你的东西。

2010 年 11 月 6 日星期六

有两种“研究著作”，一种像一把梯子把你往上拉，把你拉高向哲学原著，它是你和哲学原著之间的中介，是一个摆渡者。另一种是把哲学著作向下扯，提出种种貌似独到的见解而实际上是把它扯低了来俯就通俗理智。前一种引人向上，它是经典的忠诚辅助者、看护者；后一种是学院营生。要分清这两种东西。

立定脚跟，死读原著，读书百遍，其义自见。

翻译:必须要在翻译中发生点什么。

在思想兴奋的时候更要沉静下来读书。

2010 年 11 月 8 日星期一

晚上听巴符州州长 Mappus 演讲,结果变成了学生抗议活动,学生集体发出噪音,什么也听不见。算是经验了一下民主政治。

2010 年 11 月 9 日星期二

现在读研究文献感觉就像在地上爬,与其读差的文献——从中学不到很多——不如直接从海德格尔原文中生长起来,自己思想和言说。

2010 年 11 月 12 日星期五

啃那些,读起来让自己头痛,觉得无聊的东西,对自己是很有促进作用的——但一定要是哲学家的文字。它在无形中补你的缺陷,强迫你往上升一个台阶。所以不要总是沉浸在你读着轻松、开心、易懂的东西上。有时候要偏偏迎难而上,这样才能进步。

2010 年 11 月 14 日星期天

我们时代有个问题，书面文体和口语文体不分。写信都是口语化的。这对书写体文字是一个冲击。这是一个大众化的过程？

2010 年 11 月 15 日星期一

沉潜在原著里，独立地钻入文本。不要让差劲的"研究文献"降低你的智商、思维水平，更重要的是降低你的心胸和气格。要特别注意分清楚。

读十年二十年的黑格尔、康德、亚里士多德、柏拉图、马克思，还有中国经典，之后你的力量是无限大的。

这几年图书电子化进程飞速发展。以后纸质书更多的是一种纪念性质。

2010 年 11 月 16 日星期二

对哲学而言，哲学史的教科书教育是极其有害的，是一种平均化的历史研究，不可能进入到问题之中。

相比于无知，一知半解最有害，因为一知半解的人以为自己已经了解了很多而开始侃侃而谈，实际都是不入堂奥的胡说八道。

现在有一个现象，吃完午饭就觉得生活十分美好，充满希望，应该干点什么很有意义的事才好。坚持数月以极简的生活方式调整身体的结果。

2010 年 11 月 20 日星期六

我好像不能读本雅明的东西，它的文字不大气，太小气，我受不了。所以读文字一定要小心，要首先读那些大气的经典，才不会偏颇。

2010 年 11 月 21 日星期天

对照着原文听海德格尔的讲演“荷尔德林的大地与天空”，揣摩他的朗读方式，轻重、节奏、强弱，很有收获。

2010 年 11 月 30 日星期二

晚上和 Trudi 在电影院看电影《毛的最后一个舞蹈家》。我们这一代得首先了解中国传统、毛时代和邓时代。

德国人看电影有一个特点，等电影字幕全部放完以后才退场。

2010 年 12 月 1 日星期三

不能老读海德格尔的讲课，要读文章，其气韵和语调强度是不可同日而语的。

启先的想法，开辟性的乾元是第一位的（在这种无中生有的想法的指引下，进行创建性的工作，而不是在既有的建筑物上进行涂抹）。

中国近百年都在“变”，但是也要找不变的东西。

首先要有明确地、清醒地意识，把中国思想和西方思想完全分开来独立进行理解。要对各自的理路有足够深厚的领会和了解以后方敢言及对话、会通。否则你什么也学不到，你把所有东西都搅成了一锅粥，把它们都削平了看，没有深入到它们的心脏和富有力度的岩层中。

2010 年 12 月 2 日星期四

在圣诞市场看到两种星星挂饰，一种是胖胖的星星，另一种是薄的中间缀玻璃的，这恰是敦厚与清灵的两路。为什么总是有两路？而且你只能是其中一个？

2010 年 12 月 3 日星期五

现在回过头看,大学的四年时光是最浪费的四年,没有扎实地研读经典。以后当老师应当向学生树立在大学四年中珍惜时光研习经典的观念。研习经典是一生受用的。大学时光是真正可以不顾以后的工作等现实压力而抛开一切静心读书的时间,以后就没有这个机会了,所以必须在这四年当中抓紧,尤其是头三年。时机非常关键。

中国的现代化进程是一个历史的趋势,以后会越来越发达,越来越靠近西方发达国家。所以现在起就要为未来做好更加长远的准备。中国每天都在变,必须考虑长远。

2010 年 12 月 4 日星期六

图书数字化到底意味着什么?从根本上讲,所有的书都可以被数字化。那以后的纸质书将消亡?或者成为稀罕商品?作为载体、媒介的物质在数字化时代将被消灭吗?

图书数字化将会对读书人造成何种影响?数字化图书真的能代替纸书吗?

晚上 Heinz，耶和华见证人的传教者过来拜访。带了新世界版的德文和中文《新旧约全书》过来。这个组织是一个美国组织，总部在纽约。它的一些基本主张跟传统基督教是不容的，不承认三位一体，耶稣诞辰等东西。它认为一切都要以《圣经》的文本为依据和出发点【2011年8月24日：忽然觉得这同样是一种“新教”的思路，就是反对历史传统】，这是它的最大特征。

Heinz 还说中文和《圣经》的契合。比如“禁”这个字代表伊甸园，两个木是生命树和善恶树，而“示”是上帝的指示，指示人不能吃那两个树的果子。还有“元”字，是亚当和夏娃二人。第一次听到这种理解。

在科隆的时候唐杰和李茂就说到耶和华见证人，以前在弗莱堡教会的时候也听到他们说起这回事。他们似乎在大量地向中国人传教。但是这个组织在中国是被“禁”的。

2010年12月9日星期四

昨晚开始读《左传》，践行秋冬读史养阴的道理，收摄心神，静敛不动。睡了一个很好的觉，早上起来感觉很好。

2010年12月10日星期五

晚上看马一浮的电视片，感慨万千。

2010年12月15日星期三

前几天把德语本《周易》送给了Bernd，他非常激动，感觉都差点要哭出来了。

2010年12月17日星期五

尼采对于一般人是有害的，而这个世界大部分人都是一般人，因而尼采对大部分人是有害的。

海德格尔的形而上学批判对我们有没有意义？意义在于打破西方迷信？特别是近现代西方的科学迷信？形而上学批判之后，是中国思想传统的全面复兴？

2010年12月27日星期一

运动与不易之物。只有在运动中才有不易之物的持存。它们必须同时出现。离开运动，不易的东西就成了死物，而离开不易的东西，运动就杂乱无章。运动又分为两个方向，有出、有入，有屈、有伸。合观令两个方向的运动之所以可能的那个东西。两个方向之间有一个“和”，有一种始终持续不断的东西贯通着。这个东西是源源不绝的“一”，但它只有在“二”中才可能存在。

从对现在、现实性、既成性的东西的执著中走出来，去体认那个周而复始的，令过去、现在、将来贯通的东西。

2010 年 12 月 31 日星期五

让那些急速变化的，统统失去力量。让长存的东西，发挥力量。

2011 年 1 月 4 日星期五

云格尔的东西看了一点觉得不是很吸引我，而且读全集第 90 卷里海德格尔的批判感觉很准确，比如他用到 phantastisch（德语：梦幻的），sentimental（德语：多愁善感的）等词。但是海德格尔的确有一段时间对云格尔的《劳动者》很注意。海德格尔在《劳动者》中找到了尼采哲学的当前表达。

2011 年 1 月 5 日星期六

精彩可观处都是在充满了矛盾和张力的地方：柏拉

图，尼采，五四时期的新旧斗争。

2011年1月6日星期天　三王来朝日

一直记得那天从托特瑙山回来，在火车站看见的那个穿绿色制服大衣的女人。她完全没有多余的动作，感觉是受过特殊训练的。这说明她心思非常专一，精神非常集中，不会左顾右盼、分散力量。

2011年1月7日星期一

在读海德格尔全集第75卷中的Aufenthalt（德语：逗留）一文的时候，感到需要读德里达、列维纳斯等。海德格尔还是太强调精神、意义了，这不够，还得寻找物质、外在、无意义。想读《旧约》。但是在西方内部这么两极震荡不是出路，必须理解中国思想。

2011年1月10日星期四

马一浮在国外时学了些什么呢？他有没有思考中西相遇的问题？还是后来只研究了古学，他为什么没有思考中西之间的问题呢？【2011年8月31日：他把西方的学问都简单地化入到六艺分类中了。但是问题哪有这么简单呢？】

做一个健康、快乐、有真知灼见、真才实学的人，做立定脚跟的人。做自由的人。

2011年1月12日星期六

我们这一代的中国人为什么学习西方哲学？我们能比西方哲学教授理解自己的哲学理解得更好吗？我们永远是以中国人的方式、角度、目标来学习西方哲学的。如果我们和西方哲学教授理解他们自己的东西没有区别，那为什么还要我们来研究？

2011年1月14日星期四

海德格尔的影响太深，我得适时地出来，更自由。

自由，现在是我经常用到的一个词。

2011年1月15日星期五

今天天气很好，心情也很好。天气和心情确实很有关系。

看到街上的小孩而想到跳跃。跳跃属于青少年，中年已经不太能跳跃了，老年更是不行。

观黄昏的红霞而思及人的一生。一天与一生，与一年，与一世，与一朝，与一文明。分析到最大是多少(《梅花易数》应有所论)？分析到最小则应是瞬间的生灭了。而从最小到最大，是同一个结构的环环生衍。

2011年1月19日星期六

今天艾灸足三里，发现脚上又有劲了。

特别喜欢有纪念意义的，独特的书，而这种书往往不实用。

2011年1月20日星期天

发现 Gander 教授[①]这边的学生普遍对海德格尔不熟，一般都做胡塞尔。再次印证，隔哲学家如隔山。

2011年1月24日星期四

海德格尔读多了以后，需要集聚能量开拓出去，往各个方向。历史、自然、政治、人伦、社会、法律、教育、艺术、经济、医术。

---

① Hans-Helmuth Gander(1954—)，弗莱堡大学胡塞尔档案馆主任，我在弗莱堡大学访学期间的邀请人。

2011年1月25日星期五

我总是在万籁俱寂的时候思维变得特别清晰、自由，在白天就相对模糊、滞碍。写论文的时候特别能感觉到这一点。

2011年2月2日星期三

有人估计再过十年中国的经济实力将超过美国。文化必须跟上。文化的大国才是真正的大国，才是受人尊敬的国家。以经济建设为中心，将慢慢转为以文化道德为中心。

2011年2月5日星期六

闭门写论文，是为了让心神聚集入思想，只有心神聚集才能写出好东西，心不在焉地写，一样能写出来，但是货色很差。

心神聚集首先意味着心神清虚，不要让杂七杂八的东西——网络、电视——分散你的注意力。清虚之后才有可能聚集，此谓虚室生白、吉祥止止（语出《庄子·人间世》）。

2011年2月8日星期二

晚上看《加勒比海盗1》。虽然电影吸引人，但是看完觉得浪费了时间。这样的电影只是用来放松的，而且是一种让你气息紧张的放松，是快餐性质的东西。看完就忘。

2011年2月13日星期天

海德格尔的思想风起云涌，他处在一个四通八达的位置。从纵向上看，向前可通胡塞尔，尼采，德意志观念论，荷尔德林，里尔克，柏拉图，亚里士多德，前苏格拉底；往后可通德里达，伽达默尔，梅洛—庞蒂，列维纳斯。横向通禅宗、老子。

2011年2月15日星期二

昨天情人节，晚上从图书馆回来路上，在市中心看到校园视频上看到过的一个三人乐队（大提琴，吉他，鼓）。我喜欢这种凭空生成的东西。听音乐和静默之间的关系，不单单是音乐内容本身。形而上学地听。

游戏棒的意象：世界是一捆游戏棒，当你撒手，它们就互相交错难解了。

2011年2月21日星期一

在午睡的时候悟到，欲望原来指向的是强烈的当下感觉（过把瘾就死！）。

从时间角度看待欲望。欲望是一种强烈的当下实现，它只在直接的当下中最为强烈和实在。它过去以后是云烟，它没有实现时则给人痛苦并用快乐的想象来牵引人追逐。必须要突破其中的阻碍，达到一种通。

2011年2月26日星期六

我为什么选择学习哲学？如今与这个初衷相比，有何不同？是接近还是远离？抑或原地打转？一种盲目感让我学习哲学，因为我想了解真理，我以为哲学可以让我了解真理。这意味着我要解答的是“根本问题”，是对整个世界、人生、天地的了解。如果这种根本的趣旨遗忘了，就失去了动力、目标。

现在网络的发展极大地改变了中国的舆论环境，越来越多地不公平事件被网民们直接发布到网上，形成一个公开场域。

现代的学人必须出国学习，否则他不知道世界，也不知道中国。

2011年2月28日星期一

把文本越看越“灿烂”，看出文本的瞬间生灭，花开花败。

2011年3月3日星期四

一般的学者没几个人的东西是能读的，只能去读“一线思想家”和诗人、文学家，在其中尝试自己的思想起步。在这里没有中间的扶手，要直面事情，自己动手动脚。

绝大部分学者写出的东西都像石膏，是尼采所说的生命的敌视者。

2011年3月8日星期二

喜欢黄昏，因为黄昏气温慢慢转凉时，有一种清爽自由的感觉——这种自由是一种解放感，从烦躁、不安的情绪中解放出来。

晚上读到多多的一个演讲记录稿，很好，看这样的东西能得到一些激励。

多多谈到策兰的速度。速度感也是我在德国的一个变化。现在非常追求语言的速度感和致密度。这才是一种真正进入生命的“创作”，才有意义。

不能在太多研究文献里面浪费时间，要在海德格尔的原著中磨砺自己的思想和语言。要争取以独立言说的方式写论文，不要跟说。

2011年3月9日星期三

质地优良的文字一定是可以反复阅读的。因为它保存了一种不可解析、不可还原的东西。这种东西不灭，能不断靠近又远离。这种文字并不停留于传达信息，它有一种“剩余”。这种“剩余”永不消亡。文字和静默相互运动、游戏，文字在静默中开辟，又回归静默（静默与整体，与不可还原）。写作就是要淬炼出这样的文字质地。

2011年3月10日星期四

中国传统思想如何理解“天气”？——我们现在必须在现代社会条件下全面理解中国传统的“世界”。

新闻语体是对语言的可能的破坏中，最恶劣最无法让人忍受的一种。

同词语打磨在一起，语词、物性、质地。语词乃“器”（孙老师用的“敲打”一词）。

2011 年 3 月 13 日星期天

关于“随时间而来的智慧”（叶芝诗句）：

这里的“时间”不是线性过程意义上的，而是指向一种成熟。它不是朝向更高阶段的“进步”，相反，它是刚刚、终于，实现了那原初性的东西，首尾拍合，抵达、返回了本源之所。

瓜熟蒂落乃“到时”（zeitigen），而这是“中”的现象。

中乃命中，吧嗒一声。中是时中，日生日成。未发之中（平声），天下大本；已发之中（去声），天下达道（达到，到达）。未发已发，相互扣合，潜能实现，体用不二。

2011 年 3 月 14 日星期一

读文献让我的精神非常不舒服，感觉自己就像动物一样。文献不是有机的东西，是 Ge-stell（德语：合一置，架子）。

2011 年 3 月 15 日星期二

发现深长、量大的呼吸——呼吸的宽度、深度、中心与立体消长——对身体很有好处。比如下午胸郁时，躺着进行这种大呼吸就比较舒服。尝试无时无刻不采取这种深长呼吸，阅读（端坐的姿势）、吃饭、看电影。

观想海洋的博大、宁静，不可测量——中国叫“渊”？

2011年3月18日星期五

现象学精神：不是 beweisen（德语：证明），而是 sich zeigen（德语：自行显示）。所以它和艺术能够相通。

2011年3月20日星期天

人活一辈子是远远不够的，世界上有如此之多美好的东西。

当你听到一首动人的歌，你干旱的生命就得到了润泽，眼眶会湿润。（注意“润”这个字）

看“今天”网站上的现代诗，看到有人留言：我感到一些，真的，谢谢。就开始笑。

读现代诗就跟参禅一样，总是冥顽不灵的弟子对总是天机不露的师傅说：我感到一些，真的。

区分于黑格尔的哲学史和海德格尔的“存在史”，思考一种“流传史”(解释学道路)。

2011年3月21日星期一　春分

今日朗读完了海德格尔全集65卷。准备接下去朗读《存在与时间》。朗读时间永远只读原著经典。这个每日功课要一直坚持。这种坚持是润物无声的，长久坚持不知不觉会提高变化。

今天楼下的Reinmond65岁寿辰。Trudi说按德国法规他从今天起退休不工作了。而这往往一开始很难适应。

2011年3月22日星期二

今天状态不好。开始筹划阿那克西曼德的部分，发现很无聊，不知道怎么写。后来去图书馆，看《真理与方法》论游戏，很有意思。无聊和有意思是哲学做到后来的基本分野。而这涉及有没有触动一个活的核心，并带向实现。

看到尼采的图文传记，还有尼采私人藏书目录，有太多有意思的书我都没看过。至少应该都粗略经眼，了解这片世界有多大、多复杂。

2011年3月23日星期三

对同一些东西,信徒总是比他们的先师更加确信不疑、言之凿凿,就像丫鬟总是比小姐更加霸道和骄横。

然而尼采有其信徒吗?这个反对信徒式跟从的人?尼采不是因此而有了更多的信徒?

晚上读两篇很烂的英文文献,读得胸闷气短,这种东西真是致命的啊。一是不适应英语本身,二是无法接受他们写论文的方式。

2011年3月24日星期四

余华写他小时候和哥哥爬在窗台看农民劳动,最有意思的场景是收工的时候。这在时间上涉及特定的时间节段,开始和结束,还有过渡交接。因为这时候有一种变化运动,它是生机勃发的东西。拍电影也是,镜头往往要注意捕捉那些特殊的、变化运动的时刻。

基于至大无外的普遍性,而专注于具体性。现在的全球化(西方技术、政治)与民族文化之间的矛盾需据此而变。这种至大无外的普遍性不是现成的、均质的,它是空无的，等待时机生成（境域，时—位）。

要多看看过去和未来，不当太执著于当前，有些事情睡一觉，醒过来就不再存在了。

2011年3月25日星期五

关键不在于正确无误地报告哲学学说，而是进入生成变化的哲学空间，把东西演示出来，Darstellung（德语：呈现），Spiel（德语：游戏）。写作的时候可以把自己当成一个演奏者、弹奏者，看弹得好不好。弹奏的连贯性、节奏分割、强弱对比、情调把握。

Lydia昨天说现在每周一都有反对原子能的抗议活动。

2011年3月26日星期六

简易并非简便。

差异的现象是一个元现象。时间、空间、运动等都从它得到理解。但是差异又从何而来呢？太极阴阳学说？

要把小孩当大人看，把大人当小孩看。

2011年3月28日星期一

哲学和日常思维是逆向的。日常思维总是预先诉诸了一个出发点，其言述是顺着出发点一步步下来，稀释开来。而哲学是逆向而上，更精微地聚集入这个出发点本身。它同时也是一个明心见性的内在过程。

2011年4月1日星期五

关键是抖擞精神（养精神，让精神常常聚集不散），勤奋读书，莫负大好时光。

2011年4月2日星期六

“鸦雀无声”一词。正因为鸦雀是吵闹的一类，故而当它们寂静时，无声显现了。这涉及 dynamis（希腊语：潜能），一种引而不发的包孕状态。一个特别的场域。海德格尔的 Verhaltenheit（德语：克制）似有点这意思。

房子前面的白玉兰这几天全开了。

住在自然中，听到鸟鸣，看到自然的种种物象，这样人自己的生命才充满生机。住在城市里是不可能如此的。

越读海德格尔越觉得“人”的位置的重要，而海德格尔为了清除人类中心主义付出了避讳谈人的代价。这是不行的。必须把人的会通的位置强调出来。中国思想都是依赖人的，中医、政治等。而这样的人是贤人、圣人，即体道、行道之人。什么样的人才能相应打开什么样的境界。所以古佐尼点出海德格尔思想中人和Ereignis（德语：发生事件，本有）之间的双向关系很有意义。

我感觉似乎自己要做一个决断。读文献并无益于进入海德格尔的思想（但是文献却最能糊弄评阅者。其实有思想没思想是一读就看得出的）。反倒带低了我思维的速度和质量。我可能要先闭门精读海德格尔原文，有一些心得，可以立住一些以后，再旁参其它文献。

2011年4月4日星期一

这几日注意把气沉入脚部，感觉很不同。要常让气下沉，不要令气上浮。而要领是放松肌肉，放松后气自然下沉。力由足起，不能头重脚轻。

2011年4月6日星期三

必道在我身，方可谓成。

2011 年 4 月 8 日星期五

阅读文字著作是为了透过它见到理，亦即真正领会和理解，亲身观看。如果没有亲身见到理，就死在了句下，书读越多，人越笨。

但是一个人在读书过程中见到的理可能并不确实和牢固，有时候可能只是他自己的小见，登堂而未入室。所以需要反反复复地阅读那些经典之书。理微也。经典之书也不是理的工具，而是文辞致密，与理偕行。

所以要不断地在反复阅读和亲身观看之间往来循环，学力由此日进。但大体要以明理为鹄的，否则就是一无可用的读书匠。

2011 年 4 月 12 日星期二

胡塞尔哲学质朴、踏实的工作特征。还有维特根斯坦的日常分析风格，是我现在很需要的。它们帮助我摆脱海德格尔哲学中那些华而不实、无效、无望的部分。多读海德格尔之外的其它东西现在对我很重要。这是告别形而上学玄思，实际工作的开始。也只有在此基础上，才能更实在地打开那种“玄思”的维度。所以黑格尔出自康德之后，海德格尔出自胡塞尔之后。

2011年4月13日星期三

发现天气对人的心情有很大影响，至少在这里是。要写一本论天气的书。

2011年4月16日星期六

有的人对其他人身上的某种缺点反应过激，这表明他其实是痛恨自己身上的这些缺点。至少，他跟这些缺点有微妙联系。和我们无关的东西我们是不可能对之反应过激的。

2011年4月21日星期四

看到草地上都长出了白色的蒲公英，与黄色的菊花相交杂。晚上开着窗，能听见外面的虫鸣，在城市是领略不到自然的神奇的。

2011年4月26日星期二

今天是维特根斯坦诞辰，在图书馆借了*Licht und Schatten*（《光与影》）一书，把其中的书信译了出来。

2011年4月27日星期三

发现我真的很喜欢棕色的衣服,它让人感到安顺、柔和、放心。是不是跟五色中的"黄"有关?

2011年5月3日星期二

[鹤]

昨天在 Dreisam 的 Schwabentor Brücke 那一段往北散步。看到一只鹤在水边。灰色,颈部有像蛇纹一样的花纹。鹤确实是不凡的品类,简直不像人间的动物。而且它不走动的时候完全是单腿站立,站得一动不动,同一个姿势保持很久不变,脚下缓缓的水流也对它的立姿完全没有影响。此非"独立守神"之谓?

而且发现这样超凡的品类是必须要在比较自然的环境中栖息(写到这个词的时候想到海德格尔之于托特瑙山)的,必须有古树苍藤相伴,顽石水藻,甚至天然的污垢【2011年9月22日:可以写一个有关中西方对"污垢"的不同理解,尤其对道家(老子)而言,污垢恰恰是自然的一面】。

看到鹤——不是动物园里的!而是自然环境中的——会马上觉得《黄帝内经》所谓的"真人"确有其事。自然界鬼斧神工,非人力所逮,看到这样的景象,甚至会觉得,自然中生出人,岂非自然的灾难?这并不是指现代的核辐射、转基因等现象，而是人本身、人之本质的那种异常。庄子所谓的“机心”。人之自身存在岂非巨大的痛苦？

看着鹤，可以汲取多少天地间的清气啊。

2011年5月4日星期三

时间长了，你会慢慢被平庸的社会气氛给平均化，会不知不觉得变得失去追求、向往和冲动。要时时清空，回到虚寂，回到初始，保持天真。

2011年5月11日星期三

坚持中国思维的纯正性。之所以要坚持这种纯正性，因为在目前的全球化条件下，思维非常容易不知不觉地西方化。我们的日常日用全是西方的东西，而其中透出的必然是西方的思维结构，如果不够自觉，就会慢慢被西方思维濡染，终至于从头到脚和中国思维相隔膜。所以在当前总体西方化的条件下，坚持纯正的中国思想是当务之急。

但是中国思维的纯正性，恰恰在于某种不纯正性。即，中国思维的特点在于一种包容四方的开放性。不固执，善于学习和接纳，善于变化，与时俱行，在变化中落实不变者，是为通也。如果固执于某种“纯正性”，将中国思维现成化为形质上不变的东西，则恰恰远离了中国思想的实情，自降其气格与境界而不知。

中国者，中也，时也。

2011年5月30日星期一

如果说中国强调“交”，希腊却恰恰是想做到不交，即自足状态。但是只要是人，便是不可能自足的，所以希腊具有悲剧性。悲剧性在于本质和现实的分裂，此中有无法消弭的痛苦。

2011年6月3日星期五

尼采嘲笑过欧里庇得斯在演出开始前把情节都交代给观众，这样就把悬念都取消了。这些地方往往能看出一个思想家的界限。像尼采这样激进的思想家其界限是更加容易被察觉的。尼采思想的多变，一方面弥补了其界限的限制，另一方面其多变本身（脱离“一”的多变）又是一种限制。

中国的京剧完全就是知道剧情的，但这丝毫不妨碍观众的欣赏。因为看戏寻求的不是情绪刺激，而是品其悠久的韵味。

人生不也是这样吗？每一天仿佛都是新的，都有可能发生不可预期的事情。但是人的命运却又是早早注定了的，是命运决定人，不是人决定命运。而且说到底，人的界限无非是出生和死亡，结局早就是定下了的。但是如何把人生过得有价值、意义，却是另外一回事。就像一天，说穿了无非是日出和日落，但是其过程却有天壤之别，有人一天里只是吃喝玩乐，有人辛勤劳作。而一天和一生之间，是有某种对应关系的。

2011 年 7 月 27 日星期三

中国人现在研究西学是为什么？中国人研究哲学是为什么？中国人研究哲学有什么特别之处？还是像西方人自己研究哲学那样来研究？中国人必须有自己的研究目的和任务。

音乐是不可少的，音乐就是一种 Ereignis（德语：生发），Geschehen（德语：发生）。海德格尔还是太智性。

2011 年 8 月 12 日星期五

卢浮宫观感：

有两种进入历史的方式。一是博学式，从古希腊到近现代，大纲式的了解和把握。另一种是由一条特殊的道路不断深入和挖掘。

前一种可能知道很多，但背景、基底始终是平面性的，造就了平庸的博学之人。Geschmacklos（德语：无趣味）。

没有鉴别力、判断力，没有区分，只是各种历史知识的搜集和积累。后一种则是生根的、能生长的。而生根的东西一定是从一片特定的、具体的区域里生长起来。同时，它向着广大的天空不断生长、扩大，这个过程便是“独一无二”。

现代的大众社会造就的是一大批平庸的、好奇的、消费群体，这样的生活形态有什么价值呢？但是你又要让他们如何呢？

2011年8月21日星期日

我在德国这两年的一个巨大收获是赢得了一个走出海德格尔或者说同海德格尔保持距离——即寻找自己的位置——的意识。

但是这个自己的位置是一个什么样的位置尚不明确。

菲加尔是融和了柏拉图、亚里士多德、现象学和解释学。

为了更深厚地理解海德格尔，全面研究他的柏拉图、亚里士多德解释是不可少的。

2011年8月24日星期三

自由。学院是一个死气沉沉的地方，没有真生命，没有效用。要从自由出发，去进入真实的东西中，而不是从学院、论文、课程的既有规定出发，那只是被动性的完成任务，都是不得已，不是出于自由的、具有广阔性的活动。

2011年8月28日星期日　歌德诞辰

希腊文化到底哪些方面伟大？

2011年9月11日星期天

中午Lydia，Bernd开车带我去托特瑙山，作为生日礼物。同行的还有Ursula和另一个男的。后来他们在Notschrei与另两个人汇合，一起Wandern（德语：漫游）。我和Bernd则去往托特瑙山找海德格尔小屋。

晚上又一起和Lydia，Bernd，Ursula，Trudi，Ilona，Y在Bollschweil的Bolando餐馆吃饭。大家给我唱了德文的生日歌。我感觉德文的生日歌比较亲切可爱。有一个Lydia认识的当地人听说我生日给我送了一盒新鲜鸡蛋。Lydia说是很高的待遇。

2011年9月15日星期四

今天在商场替猩猩看帽子。发现里面的衣服都很贵。一方面觉得这样一个资本主义的商品世界是个无底洞,是和我所在的世界完全不同的另外一个世界;另一方面觉得如果我能带一件这样的衣服给我妈甚至是我未来的夫人就好了。

每每进入一个这样的商品世界就在想,活着是为了什么呢?

博士论文写作日记

2008年3月19日星期三

光芒膨胀
涨出我的眼睛

越多地阅读海德格尔，便发现亚里士多德对他的影响之深。

2008年4月6日星期日

现在还是以自然主义的视角阅读海德格尔，而如果要写一本“专业”的博士论文，我就必须进入西方哲学史中的基本问题，并使用学术史的基本概念和基本思维进路。这需要借助于二手研究的著作来把准问题方向：因为海德格尔本人的用语是经过他本人化解的，往往让人搞不清楚他和哲学史传统的联系。

读海德格尔的时候始终得注意与西哲的传统相贯通。比如他对亚里士多德、路德、康德、克尔恺郭尔、胡塞尔、狄尔泰等人的基本问题、基本思想的吸收和化用。否则我只是在进行个人性的阅读、从中获得个人性的感悟，并没有真正进入西方哲学的传统中。

我必须首先从这种个人性的自然主义态度中脱离出来，改换自己的言说方式。

2008 年 4 月 28 日星期一

今天跑到复旦光华楼 26 楼的基地图书馆借书。那里的徐老师听说我搞海德格尔就说，小心别被海德格尔勾去了魂。我确实感到海德格尔后期的文字中，那种迷香一样效果的东西。又想到韩老师书的后记里引用的沃林的话。

我跟徐老师说，所以要阅读其它的东西来进行补充。

2008 年 5 月 8 日星期四

今天孙老师在课上提到了“有效的”博士论文：一、材料的推进；二、问题的推进。

2008年12月28日星期日

《朱子语类》第一册第183页:“《学记》曰:善问者如攻坚木,先其易者,后其节目。”

思考写作博士论文亦可如此,先思考写作简单的部分,然后逐步推求上去,慢慢通过前面的思考与写作积累自身力量,攻克其节目处。

2009年1月10日星期六

关于二手研究的阅读参考,我应该更多地参考外文文献,因为中文都是建基其上的,是二手的二手因而是四手文献。

写论文时刻注意抓住重点,细节有时候要放弃。先把大纲目凿刻清楚。

写博士论文要有深厚的东西作支撑。要气息深藏有余,不要在文字中把气都用尽了。“不敢尽其所有”。有显有隐。

【2010年1月10日:一部博士论文其有形可见的部分是由那些无形、不可见的部分所养着的。】

博士论文切忌随意拼凑，气要醇厚、易良。

规划博士论文就像朱子常常拿建屋打比方。

2009年2月18日星期三

制作博士论文的工艺流程：阅读海德格尔的相关重要文本；做好摘录和笔记，制成备用原料；根据原料的特点和走势敷衍出写作框架结构；把原料已经包含的但还未实现的可能性在细节上全部展开；把原料加工成论文成品。【2010年1月10日：这却缺乏任何的意义。】

2009年3月1日星期日

博士论文的标题取得尽量质朴平实。用质朴来压住思想的飞扬特性，同时用思想的飞扬特性来雨润质朴。

读海德格尔的时候要防止过度阐释、过深挖掘。过度阐释、过深挖掘表明了自身的不厚实，否则一切自然流露，各有分寸，无需过度为之。

2009年3月5日星期四

要时刻提醒自己不要陷入细节中脱不出来，要时刻认明大的方向。

切记:不要读了一点文本以后就动不动修改纲目构架。尽可能周全的考虑好构架以后不要随便改动,否则是没有尽头的。

没有完美的纲目构架,它必然是有欠缺的,有些地方必然要被牺牲。不要因为小的问题而影响整个构架,眼光始终抓住整体。

在这方面要懂得决断。

2009年3月22日星期日

博士论文可以一小节一小节地每次处理一条具体的线索,不要企图整个做完所有的事情。一小节不能,一本博士论文不能,一百本著作仍旧不能。因为道体广阔无边,它从根本上不可能完整地、方方面面地或者系统地被收纳进一个无论容积有多大的容器中。这是一种唯主体的欲望追捕的思维。合适的方式只能是道路性的,在每一条具体有限的道路中不断向道体伸展。

2009年3月23日星期一

博士论文里海德格尔的文本既要有铺开的一面,也要有集中的一面。如果一味铺开,则论文没有深度,只是平面堆积。要在一些重点的可挖掘的文本中深度挖掘，这样论文才厚重。同时拿铺开的文本佐证之、荡漾之。

2009年5月11日星期一

我现在拟的大纲是外在性的结构，还要找到内在的思想发展核心，否则我的论文是散的，没有价值。

只有深深地理解由苏格拉底、柏拉图、亚里士多德所铸就的西方传统，才能相形之下见出海德格尔对前苏格拉底的解释的意义和精彩处。

2009年5月15日星期五

一定要先深深体会原著，再适当地看一些优秀的研究著作，如果倒过来做，你的心胸、思路就会被学术研究的方式局限住。【2012年3月18日：然后你就报废了，你成了一个只会写“学术论文”的、世界上最最无效的人。】

2009年5月17日星期日

论文要求：

紧扣文本，扎实论述。

首先在博士论文建基其上的材料上，我的博士论文要比过去的研究有所超越，要有新的材料并多涉及以往不曾讨论过的论域（如格奥尔格圈，魏玛时期的前苏格拉底复兴）。

思想上能否有所突破要看学养积累的，是急不来的事。

论文的写作和思考要分主次，不能所有问题都花一样的精力，论述要有浅有深，有急有缓，错落有致，保持节奏。

2009年8月11日星期二

博士论文不能变成一种博物馆式的汇总，把海德格尔在各个地方谈论到前苏格拉底思想家的内容都摘引出来然后归置在一起，归置好以后对这些材料内容进行分类，按照材料内容的取向和意图给它们套上高一级的概念框架，最后试图给这些概念框架找出一些逻辑关联，论文按照这些逻辑关联进行阐述。这只是对思想家的相关主题进行一个简单再处理，没有“多余”的东西得到产出。这永远是跟在“材料”后面做一只蠕虫。材料和形式极度分裂。

是从文本阅读中自行涌现出道路，不是给材料加套一个形式。

必须把握住思想家的主导精神，更其源头性地工作

(注意这个“更”。海德格尔说 ursprünglicher(德语:更为原初地)),“生生”地工作。

要始终关注整体性的、主导性的东西,不要迷失在材料的丛林中不辨南北。但又需要两者互相融通,偏于前者会像海德格尔一样,有硬套的偏失,偏于后者则更是盲目无归。要偏也要往前者偏,立乎其大(即便是不中也有左右的区别)。

2009 年 9 月 21 日星期一

写博士论文就像建筑与城规学院的工作。

2009 年 11 月 4 日星期三

问题:哲学的博士论文的写作,特别是有关海德格尔的,面临着一种困难。海德格尔总是一再要求不要做“有关”(über)哲学的报道,而是要亲身地哲学起来(philosophieren);海德格尔也越来越与科学化的“哲学研究”划清界限。然而博士论文恰恰是一种有关哲学的报道,也恰恰是一种研究活动。

解决:把博士论文作为一种哲学路途上的练习(Übung)。学习去梳理问题关系并进行表达。

海德格尔是一个把注意力全副投入到问题中去的哲学家，因此对他的研究也要以问题为核心。

但是以问题为核心同时也会受到问题本身的限制。

最基本的东西是比问更混整的东西，因为它甚至处在可表达的边沿。

2009年11月8日星期日

构造一个博士论文需要进入到一个整体形式结构和具体文本内容的互相牵动关系；

必须从整体着眼，整个论文的结构需要形成一个整体，要有一个核心，论文的部分需要服从整体结构，形成和谐关系，像交响乐（博士论文的写作与建筑规划和交响乐的类比）；

但是入手的地方肯定是具体文本内容，在具体文本内容的阅读中联系到普遍一般的问题层面。

——这与解释学循环相关。

2009年11月13日星期五

论文结构要清晰鲜明，逻辑贯穿，不要过于复杂，不要支离。

我的论文一定要做得具体、细致、扎实，不能做得粗疏，博士论文是一个学术训练，必须经过这种训练。

2009 年 11 月 19 日星期四

我们这个时代是大开辟的时代，大家都在谈大问题、方向问题，但是与此同时必须要扎下来，要有深厚根基！

2009 年 11 月 27 日星期五

写东西的时候要向菲加尔学习，要有举重若轻的、一击即中的准确简单的概括（勾勒性的，不拘小节，抓大放小），像点穴一样。但同时要有厚重的东西支撑（文本，历史情境，论述展开过程的层次性）。

2009 年 11 月 30 日星期一

二手文献必须是被使用、被消费、被征用的，不能引用的二手文献就是没有价值的二手文献，看了也白看。【2010 年 1 月 1 日：所以评价二手文献的价值标准是引用价值，是学术再生产的价值。】

除非它对你的思路有根本启发，而这种作品是很稀罕的。

2009 年 12 月 12 日星期六

慢慢进入和展开以后发现，写出一本博士论文其实不难。问题是，论文能够达到怎样的深度，怎样的统一性，是否有浑厚的底蕴。

2009 年 12 月 17 日星期四

在各种二手研究中摸爬梳理，最后梳理出所谓的“自己的”主张，不从哲学原本中汲取力量，写出一本博士论文，以充“学术著作”，这件事太简单了，我要这样做吗？

只有哲学原本才能给你无穷的、大气磅礴的力量，带给你生命的意义。学人要密切注意为学分途，路途一岔开，貌似相像的一切就相隔了十万八千里。

终生言语而始终不及道，不及哲学精蕴，悲乎！

2009 年 12 月 18 日星期五

博士论文的写作有一个整体和部分的不断循环。

似乎要在博士论文一开头就把整部论文的基本观点和主张全部和盘托出，然后在具体的部分详细展开，这样有利于论述。因为具体的论述是互相交织的，前面会涉及后面，后面会涉及前面，在一开始都悉数摆出来以后论述起来就方便。

参考黑格尔《精神现象学》前言对哲学的结果和过程的关系的探讨；参考叔本华《作为意志与表象的世界》中论述的思想整体和行文先后之间的循环。

2009年12月19日星期六

昨天晚上跟Y通话，他说菲加尔似乎对两个开端的问题有保留意见，因为海德格尔50年代以后已经不谈两个开端了（这个需要核实）。所以他要我注意两个开端问题的限度。这个提示很重要。

2010年1月1日星期五

我要铸造出极少数的几个支撑我整个论文结构的基点。它是一个可以收拢（卷而退藏于密）又旋出（放而弥之六合）的致密的东西。

2010年1月10日星期日

写博士论文似乎就是一个综合和分析的持续过程。一方面是析而展开到具体，另一方面是聚而凝结入隐微。

2010 年 1 月 17 日星期日

理解海德格尔的早期希腊阐释不仅是去理解海德格尔自己的思想,更要带领我们去理解早期希腊的整个世界,如此才学到了东西,而不是始终都只看到了海德格尔自己的思想。如果只有海德格尔自己的思想,我们不必去特意理解他的早期希腊阐释,我们只消从任何海德格尔的阐释中去寻找海德格尔自己的思想,然后大谈一通解蔽—遮蔽的事情就可以了。

作为当下时代的中文研习者、写作者、思考者,不能一味跟着海德格尔的步子和眼光走,必须以自己的问题意识为主,才可能学到东西,才不是盲目的、失去意义的学术研究。

经由海德格尔而进入希腊,进入早期希腊,这或许才是海德格尔对我们的重要意义。也就是说,海德格尔是一个通道,而绝非目的地。

读海德格尔的阐释有一个弊端就是会牺牲掉阐释对象的绝大部分的精彩内容和教益,因为海德格尔始终着眼于基础的、前提的东西,而不是具体的内容和教诲。海德格尔思想中确实有一股很强的消解传统的力量【2012 年 1 月 11 日:而海德格尔之所以能这样做恰恰是因为海德格尔扎根于传统，否则他找不到消解的吃力点。从传统中来，才有可能消解传统。尼采、海德格尔之于西方传统的位置，在这一点上难道不像五四思想之于中国传统的位置?】，所以我们阅读海德格尔是要在对西方传统有足够了解和把握的基础上的。否则阅读海德格尔就是对西方买椟还珠。

比起海德格尔思想中的那股消解力量，他的建设性力量远远不够，因为他的建设方面始终只是在解蔽—遮蔽这一件事上，而这件事谈来谈去都不可能再谈出什么花样。所以只能拿着这件武器把整个西方历史都解构性地阐释一遍。海德格尔从表面上解释了无数的具体的东西，可实际上他始终只是怀抱着他的那把单调的遮蔽—解蔽的匕首。那些具体的东西都被牺牲掉了，都成了了解那个遮蔽—解蔽的事情的工具，这竟然是跟黑格尔相似的一种对具体的东西的牺牲。由于海德格尔紧紧攥着手里的遮蔽—解蔽之刀不放，他确实可以毫无顾忌地去解释无数具体的东西，因为事情从一开始都已经决定好了，那些具体的东西“只是”遮蔽—解蔽的例子。这种做法恰恰和海德格尔本人强调的坚持在道路之中的方式相违背。

当然，海德格尔身处的位置特殊，他得先把解蔽—遮蔽这件本体论层面的事情本身揭示清楚，才有可能召唤出新一代的西方人去从事具体的建设。也就是说，海德格尔是通过反复道说遮蔽—解蔽这件事来为西方思想的后来人进行澄明和整体的基础创建。这个基础刨清楚了确实功德无量，荫庇后人于万世。

2010 年 1 月 22 日星期五

看着现在手头的这个博士论文写作大纲，不满意。它只是一个按部就班的东西。我必须进入思想史问题。必须进入思想史问题东西才有意思。

2010 年 1 月 30 日星期六

衡量自己的论文的一个标准：如果我自己没有感觉到正面的、肯定性的力量和满意度，这部论文就是还不到位的。

2010 年 2 月 2 日星期二

在德国已经四个月了，必须开始动笔。

2010 年 2 月 5 日星期五

昨天开始正式动笔写博士论文【后来发现是立春这一天】。先从一些外围的部分写起，现在写的是德国 20 世纪前半期的古典语文学状况。

我发现我搞一个东西喜欢先搞出一个总体的规模构架来，然后再仔细梳理和修整，好像这样做事比较有安全感。

但是这种方式牺牲了脚步的一步一步的迈动，对未知的保持和慢慢解开。一下子保证一个整体的东西，这样搞会流失掉许多写作中的发现和惊喜，当然也避免了过多的苦恼、疑难和不确定。

我应该更多地尝试一种缓慢推进的写作。但是我害怕这种方式会把自己写疯掉，写得无处安身。

写博士论文绝对是个体力活。你要有足够长的气去一小块一小块，然而实际上又是在一个整体的基础上（而不是七拼八凑）进行写作。

昨天记的博士论文写作第一天的感受：

今天开始正式写作博士论文。

发现写作是一件如此悲哀，悲伤浸透的事。好像在写自己的遗书一样。每一个字都以末世论的方式被写出。这是为什么呢？【2011年3月21日：现在已经没有这种感觉了。可见万事开头难（屯卦），当做出一定的东西，做到一定的程度，就有了基础。而基础就是让你能够立足其上的东西。然后一方面是像滚雪球一样向外不断扩充，另一方面则是对内部结构的越来越细密的调整和聚集。】

2010年2月11日星期四

读了一点菲加尔的《自由的现象学》的导论。就像Y说的，菲加尔是以解释学的路子来做海德格尔，而不是只跟着海德格尔本人的思想和自我理解（有针对研究者们消灭了解释者和文本之间的距离的意思）。

这引起我一个问题。为什么读海德格尔？为什么做有关海德格尔的博士论文？

为什么读海德格尔，这个问题引起的另一个问题是，我的博士论文是什么性质的东西？哲学史研究，即学术研究？如果是，这种学院研究的意义何在？

这个问题还会牵动起另一个根本问题：我想成为怎样一个人？我想要做什么？

这个问题是我必须要面对和回答的，虽然不一定是在博士论文阶段，却一定要在某一个时候有一个确切的回答。

我并不能只是随波逐流地活下去，品尝各种人生滋味和经历，我还必须明明白白地活着和死去。

2010年2月15日星期一

极其有必要全面考察海德格尔从最早期到最后期的所有演讲、讲授课、论文的进程，寻找几个规定了他一段时期的思想内容的关键轴心。【2011 年 3 月 21：是不是存在这样的轴心？这要建立在大量阅读经验的基础上，不能预先确定，面向事情本身。】

2010 年 2 月 24 日星期三

我不能采取简单复述、综合、总结海德格尔已经说过的内容的方式。因为这个活动没有创造什么新的东西，完全是把同样一些材料颠来倒去地论说一番。我必须能够提供更多的东西。

但是我也不能简单地把海德格尔的思想分类打包入一种固有的问题模式里。【2011 年 3 月 21 日：现在看来，这都是靠阅读积累的，读得多了以后，自然能发现一些问题，有一些心得。】

2010 年 3 月 1 日星期一

晚上在图书馆看海德格尔全集第 36/37 卷《存在与真在》，1933 年讲授课，很有收获。这个讲授课开头部分和德国当下的时代状况紧密联系。以此开头，思考哲学的本质，与黑格尔展开对话，一路问向形而上学在历史过程中的两面本质规定。海德格尔的哲学追问带有很强的行动特征。【2011 年 3 月 21 日：但是海德格尔在全集第 66 卷的"道路回顾"一文中说，由于正值自己校长任职时

期，这个讲课是不充分的。】

2010 年 3 月 2 日星期二

所有的海德格尔引文一定要注意写作时间。

2010 年 3 月 3 日星期三

读 Marten 的《阅读海德格尔》知道了引文择取的重要性。对引文的选择必须精心考虑。选用什么年代的引文，从哪里引到哪里，突出什么关键词，都已经是一种观看角度的选择。用海德格尔式的表达：引用已经是一种解释。

观察引文也可以观察出作者是在跟着引文，把它当做材料来安排自己的文章，还是从自己文章的内在脉络出发，把引文恰当地嵌合进去。这是两种截然不同的文章质量。

2010 年 3 月 4 日星期四

所有的基础工作都得越早进行越好。【2011 年 3 月 21 日：这个确实关键。基础总是越往后越给力。】

不能把海德格尔的话当成材料摘录、集中在一起，然后跟在它们后面进行复述、分析、评论。这样做没有思考和问题。这是一种奴隶的不自由状态。必须要思考起来。

奴隶和自由的区分在于这种“先”和“后”。在后中没有生成，在先中才有生成。

2010 年 3 月 9 日星期二

文献不是越读越少，而是越读越多的。文献生文献。

2010 年 3 月 10 日星期三

菲加尔的《自由的现象学》是从自由哲学的视角来重新审视《存在与时间》的各个部分。我该以什么方式写作博士论文呢？

2010 年 3 月 14 日星期日

写博士论文切忌买椟还珠，看原著目光狭隘只盯着自己论文的材料，把原著的宝藏光华尽弃。

2010 年 3 月 17 日星期三

想到可以把海德格尔对哲学本质的规定作为论文的组成部分。

这都是对一个“视野”和“境界”的准备和揭示，是一种气场的打开，这始终是具体的哲学史对话的基础。

2010 年 3 月 21 日星期日

对文本的精细解读，对一些点的敏锐发现和确定，以及在此基础上的拓展和深入。

我一直在寻找治海德格尔的方式，今天再读韩老师的东西似有所悟，必须要找到思想史上的一个支点。比如亚里士多德，由这个支点出发，对海德格尔形成观看的距离，然后你就有了余地和空间去进行处理。

韩老师的出发点是古希腊哲学本身，这是他观察海德格尔的基地。因此有了一个分析问题的框架和参照系统。

而局限在海德格尔本人的论述之中，确实不知道该怎么做海德格尔。

我要涉及希腊世界的古风时期到古典时期的范式转换的大问题。

这方面我要有目的地寻找好的文献。

2010 年 3 月 22 日星期一

基础工作不能停：

主要各卷的内容概括。

2010年3月28日星期日

以"看"为原型看待博士论文的写作。

看的活动分为:观看者,被观看者,背景。

那么,作为观看者的我是什么样的人?这个问题必须要问,不可放过。

看的目的又是什么?

什么样的看是好的看?

2010年4月8日星期四

我没有找到我的论文的意义,所以无法把它放在我的意识的中心加以观照。

2010年4月10日星期六

论述一个思想家的思想内容并不是一种纯然与己无关的内容反映,它根本上内含一种"决断"、"选择"。对目标的锁定,对道路取向的选择。没有取向和决断的文章是失败的,因为它什么也不"是"。

论述一个思想家的思想内容已经意味着踏上某一条道路。

道路行走与逗留。逗留和基本词语。逗留和位置。道路行走与方向、目标。主动与被动。

2010 年 4 月 12 日星期一

在具体展开博士论文的写作工作的时候,必须得注意分量和重点的分配,不可能对每一个问题都投入全部的注意力,不可能把每一个问题每一个细节都彻头彻尾搞清楚。必须要有取舍、重点、详略、主次。而重点的取舍又需要不断通过一个整体来进行调整和衡量,而整体又是在部分的行进过程中慢慢形成的。所以,先在某一个部分起步走下去,走一段再抬头望一望整体,然后调整,如此循环运动。

每一个章节,都要有一个任务、目标的规定,要达到自觉,而不是被动性地材料排列。

论文一个很重要的任务:揭示并进入早期希腊的基本经验。并且在对比中理解这份经验与近现代的经验是多么不同。进而对未来有所展望。

现在发现我有两条路向要走:一条是追踪海德格尔本人的思考思路;另一条是进入早期希腊的世界。后者需要藉助其它的对早期希腊的研究著作,并且带着更大的文化视野,亦即对悲剧、诗歌、神话的了解,而不仅仅是海德格尔内的“纯粹的”思想。

到这一步，我觉得海德格尔把尼采定位为纯粹哲学家是有问题的。我觉得尼采的东西其实更为宽广丰富，而海德格尔则是一个纯粹思想家。这有点类似柏拉图和亚里士多德的不同。

2010 年 4 月 22 日星期四

论文要注意纵横两度。

横向是注意同一时间区域内的思想、文本。要把前苏格拉底放在横向区间内观察。

纵向是注意海德格尔前苏格拉底解释的整体历程的重点、立场转移。

2010 年 4 月 25 日星期日

昨晚睡到一半醒来，读海德格尔全集第 53 卷《荷尔德林的颂歌〈伊斯特河〉》。读到德国需要古希腊的天空之火，而古希腊的天空之火经过一个从 Übermass（德语：过度）到可把握的过程。让人再次触及早期希腊文化与古典希腊文化之间的差异问题。关键是这种诞生的张力，一方面是天空之火的原始强力，另一方面是静穆地形态显现。

想到这个似乎对我的博士论文写作有了一种照亮，

似乎在慢慢接近博士论文要力图达到的一个核心。

不过这种做法对于我的要求是:1,能不能把海德格尔的“纯思”拉进这种大的文化视野中?这需要我的解读技艺,这很有挑战性,也更有意思。在和早期希腊的文化特征的对照中,可以解读海德格尔受了哪些影响,而他又有哪些独到的、别样的见地和思想阐发。2,有没有时间和精力,阅读大量的文献来对早期希腊文化形成一个比较有把握的理解。

早期希腊文化(尼采“悲剧文化”)的特点,及其到古典希腊的转变,这个大的文化史视野。在这个视野中,观察海德格尔的思路和发掘出的东西。

2010年4月26日星期一

“海德格尔的早期希腊阐释”,这个主题不是把海德格尔在各个地方所作的有关早期希腊的哲人、诗人的论说,做一个收集和复述,真正的问题在于如何通达海德格尔的阐释。

而通达性的研究文献少之又少,所以我似乎必须独立起头地工作,去寻找通达的道路。

那么,更加重要的问题就是,如何通达?

2010年4月27日星期二

写博士论文就是从一大堆材料的 chaos 中,组织成一个秩序。

这个秩序不是把材料进行切割的死板构架，而是文质相和合的作品。

我必须得确定自己的论文的作法，写作框架。而作法是选择的结果，没有完美的作法。作法就是一种限定，是某一条道路，不可能大全式地做论文。

海德格尔解读过荷马，赫希俄德，索福克勒斯，品达。观察海德格尔没有解读过的希腊作品，也可以有所发现。

海德格尔没有讨论过希罗多德、修昔底德。而前苏格拉底哲人中也只有三个人（阿那克西曼德，巴门尼德，赫拉克利特）被视为开端。

我的论文和国内以往的海德格尔研究不同的几个地方：1，注意海德格尔的讲授课；2，注意海德格尔的写作时间，思想发展过程。

但是又不能把我的论文变成一个有关海德格尔思想的“历史研究”，要有真正的哲学问题作为引领。一方面要有一个历史研究层面的海德格尔还原，另一方面要和海德格尔拉开距离，关注问题本身。

文献阅读、整理、积累是永远没有底的，特别是在我们这个信息发达的时代，必须以思考问题为主才能有真正的发现和方向感，才有真正的价值。文献越多，越手到擒来，思想的价值就越得到突显。当然，没有文献阅读支撑的思想也是很危殆的。但是思想为乾，为主，文献为坤，为从。

2010年4月28日星期三

海德格尔是 Verwandlung（德语：转化，转变）的大师。

面对开端，他不是单纯地回到过去并且在那里原地踏步，而是力求向着未来进行转化。

面对传统经典，他不是跟从和模仿，而是力求转化出未曾道说的东西。

他要求西方思想的转变，要求西方此在的转变。

这种“转化”是海德格尔主体自身的行为吗？不单单是。海德格尔的转化应合的是“变化”这件大事，这个“易”的事情。

从大处着眼。论文结构一定要设计好，结构弄好了论文就搞成了一半。

如何处理海德格尔的思想发展的历史过程，和思想本身的逻辑之间的张力？

要以思想逻辑为本，但又时时参考历史过程上的变化。

要跟随道路本身。

要把准自己的问题核心。

方向可以指得远，但是面绝对不能铺得太大，要集中。

如果要了解历史文化背景，就要多看海德格尔书信。

要限定核心文献和核心原文。

我认同 Susanne Ziegler 的地方：非常注意海德格尔的写作年代，不是随便混淆起来笼统得讲。海德格尔不同年代写的不同的文章，虽然有同样的用词，但是其理路是不一样的，混在一起讲只会造成混乱，必须体察写作理路。

写论文是这样的。

首先要通读原著——这一步只是打底；

其次要读过所有优秀的研究著作——这一步是关键，找到论说的框架、线路、立场、方法；

然后形成自己的讨论。

2010 年 4 月 29 日星期四

路向要看得远，但是做东西要做得集中。

2010年4月30日星期五

我论文中一定要抓住一个可以展开的核心。否则只是在复述海德格尔。

论海德格尔要与海德格尔张开距离。

张开距离才进入一种自由关系中，进入一种生生状态。

但是如何张开这个距离呢？确定自己的位置？

2010年5月1日星期六

做论文意味着有一个 Auseinandersetzung（德语：分争）。因为这里有一个自我和对象的关系。这意味着两者有各自的位置，两者横贯一个居间场域。

写论文的那个"我"和海德格尔思想。

海德格尔的位置，我的位置，及其关联，及其 Auseinandersetzung。这个持续生生的 Auseinandersetzung。

这就在隐约回答这份写作札记一开始提出的问题，写博士论文的那个我，是谁。

这就逼得自己寻找自己的位置，将自己召唤而出。

博士论文的写作意味着你不能逃避你自己。

2010年5月2日星期日

博士论文先把大规模搞出来。细节文本的互相印证当然要收集，但是可以成型以后慢慢做。

先要找到整幢建筑的拱顶石，然后是建筑的梁柱。

现在渐渐体会海德格尔后期的敬畏的一面，敬和畏。

一方面，讨论海德格尔当然有一个基本的切不切合海德格尔本身的问题，你的论述不能是无根的，必定要以大量细致的海德格尔阅读和研究为基础；另一方面，当你走深了以后会发现，由于事情本身的生生性质，以及我们与事情之间的相互应合、调定和循环关系，你的论说必定和海德格尔不同。如果相同，那要么是假象，要么就没有走入海德格尔思想的事情。或者甚至不是海德格尔思想的事情，而是你自己根本就没有思想起来。

一部博士论文必须释放出海德格尔思想所敛藏着的力量，不能变成思想命题的报告。

2010年5月4日星期二

先大量读书再说吧！接触的东西不多，你就凝聚不出重点。

2010 年 5 月 6 日星期四

深入西方传统，尤其是他的古希腊、基督教传统，对现在的我而言，有一种深不见底的寒冷感，竟也是一种无家的出游。这是必须的吗？为什么一定要出游，而且是出游到一个迥异的、另一个传统中？海德格尔的回答是，本己的东西必须通过陌生的东西才能被占有。但是希腊对于德国怎么可说是“陌生的东西”呢？这本来就是他们的传统，因而这种陌生性是建立在一种根本的传统性、自身性基础之上的。若海德格尔真的决意进入陌生的东西，那他就得学习中文，而不是使用自己中学时就已经能够使用的希腊语。就像我们现在，开始进入希腊文的世界？

但是我自己得有一个回答，我这样寒冷彻骨地出游到另一个传统之中，到底是为什么。

2010 年 5 月 7 日星期五

通读国内所有的海德格尔研究，并做好总结。这样你才能知道什么被讨论过了，讨论到何种程度，什么还没被讨论过。

Kettering 和 Wern Marx 的书要好好看，前者可以获得一个整体的海德格尔的思想脉络和其它文献的指引，后者可以获得一个哲学史的了解。

还要注意珀格勒和冯·赫尔曼的研究。

2010 年 5 月 8 日星期六

博士论文也有 Gestell（德语：构架）和 Ereignis（德语：发生）的不同。你是从一个搏动的中心而来进行布局，还是机械地构设。而 Ereignis 是互动性的，是自身和事情的不断相与交通。

2010 年 5 月 9 日星期日

材料其实大家都能看到，都看的是同样的文字、同样的论说。

为了做得更好，我必须更深地沉入文本，即卷入事情、问题。而这需要勇气。

我现在要退身出来，总体上观察一下现在做的笔记和想法达到什么程度了。

要找出几个核心支柱，从此深入下去。

2010 年 5 月 11 日星期二

多读海德格尔同时期的东西：胡塞尔，洛维特，马尔库塞……。

2010年5月13日星期四

今天继续写“开端”部分,大的论述结构稍微清楚一些了,但是里面具体的论述还是很乏力。

博士论文时刻纠缠在海德格尔思想的具体的历史发展和说辞变化,与思维本身的逻辑联系之间。这两方面都要顾及,但应以后者为重,否则会变成纯粹的历史事实的说明,失去问题和追问精神。

2010年5月14日星期五

一个明确的东西:博士论文尽量使用国内没有介绍过的文本,以及大家不太留心的文本。

先尽量多写一些大结构的东西,把大的框架拉出来,多读文本,然后才会有不断的新线索,自己在那里绞尽脑汁想是想不出东西的。

一定要多读!

读与写,相辅相成。读得少,你是空的;写得少,你思路没有聚焦,是散乱的。

2010年5月20日星期四

现在有两个大目标：一个是尽量快地把博士论文的大轮廓做出来，另一方面是设法发现、保持和展开博士论文的 Herdfeuer（德语：炉灶之火）、拱顶石、心脏、神明之所。

2010年5月21日星期五

怎样才能进入希腊世界呢？如果不进入，只能复述海德格尔自己讲的东西，没有什么发明。

这是一个紧迫的问题。

2010年5月22日星期六

海德格尔必须对那个“原初真理”的场域有更明确、具体、丰富的论述，不能只是把重点落在和形而上学主客体思维的对照中。因为在这种对照中更多的力量是花在对形而上学的本质起源的揭示和扫清上，而没有更正面、更积极的建树。

有一个很重要的问题：海德格尔到底是如何挺进到前苏格拉底思想家那里的？这里面一定有一种思想上

的、逻辑上的理由。只有在前苏格拉底的"澄明"的对照中才可能发现柏拉图的转折。但是在完全进入这种澄明之前,在这个门坎上的时候,却是最为关键和微妙的所在,是枢机。似乎1931/32 年冬,全集第 34 卷对柏拉图的洞喻解释是一个关键。而且紧接下来 1932 年夏,海德格尔就开始解释阿那克西曼德和巴门尼德了。【注意全集第 34 卷之前的 31 年夏的全集第 33 卷是对亚里士多德的解释。也就是说海德格尔在 30 年代初,连续地做了一个从亚里士多德到柏拉图到前苏格拉底的思想运动步伐。而再之后则是海德格尔的纳粹政治卷入。】

2010 年 5 月 23 日星期日

海德格尔全集第 54 卷、第 55 卷这两个核心文本要细读细读再细读,一遍遍地深入和入身于文本之中,一遍遍地体察、揣摩和问题提出,决不能浮在表皮了事,要沉潜把玩其中方可(这也是海德格尔自己"在……之中"〔Inter-esse〕的思想方式)。缓慢地读,从容地读,把字越读越大(像庖丁解牛),内容越读越丰富(自得之则资之深,资之深则左右逢源),优游其中(自由)。——这是阅读所有经典文本的不二方式。

不是对象性地阅读、知识了解,而是血肉相融,呼吸于其中。

在我们这个"漫"不经心的时代,要学会这样一种

"慢"读。

2010年5月27日星期四

我要多从读者的角度思考我的论文,设想读者想从我的题目中了解到什么真正切实的东西。而不能光从自己如何写论文的角度想。

要做一个切实性的论文。

2010年5月30日星期日

我必须确定我的做法,我的重点,我的骨架,这样才能有切实的深入和所得,否则没有焦点。

2010年7月18日星期日

我要尽快总结海德格尔的前苏格拉底解释的大意,然后做一个分期,进行分期论述。

2010年7月22日星期四

今日开始写技术问题。读海德格尔全集第40卷《形而上学导论》解释索福克勒斯部分。读进去一点以后就比较有感觉了。思路也因此能够活跃起来,运动起来。

现在必须要通过写来带动阅读！要读的东西太多了，根本不可能全读完以后再写。

要就地开始，不管多艰难，坚持下去。生机都是在坚持中自行发生的。

2010年7月24日星期六

今天继续写技术问题，都很难熬，写到晚上临睡觉时，看到海德格尔全集第7卷《演讲与论文集》中的一句话，联系到正—负（真幻）现象之间的关系问题，思想开始活跃。这个问题很根本，很要紧，但是我还是没有完全吃透。

2010年7月31日星期六

写博士论文是一个练习的过程，是思考的练习、写作的练习、耐心的练习，是在练习中学习。博士论文的写作本身是一个生成产出的过程，不是把所有东西都事先规划好了然后填空。博士论文也是 Her-vor-bringen（德语：产出）。

2010年8月6日星期五

［气贯通篇］

文章写作是需要由一种自成一体的 Stimmung（德

语：情绪）贯通起来的。这种情绪 durchstimmt（德语：通盘规定）整部著作和其中章节的写作，带来一种一体性（这里的“自成一体”和“一体性”都是有歧义的，需要和“总体性”相区分。）。它使得写作出来的文字区分于那种支离破碎的堆砌和貌似理智的架构。

现在开始先写阿那克西曼德部分。我要尽快把各部分写个大样子出来，然后才能措手，知道在哪个地方用力。

2010 年 8 月 11 日星期三

读一个韩国人写的书叫 *Heideggers Herz*（《海德格尔的心》），是跟着古佐尼做的博士论文。

现在做海德格尔不能总是在和形而上学的总体对照中来论海德格尔思想。做来做去都是这样，说的东西也都差不多。一直是主体性、暴力、科学等等的批判，然后与此对照，说海德格尔的思想不是这样的，是另一种面貌。

如今到底应该如何继续海德格尔的思想？或者思想本就没有什么直接的继续，而是潜在的影响，每个思想家都面对着各个时代的当下问题？

2010 年 8 月 25 日星期三

写论文最重要的是要找到一个分析文本的问题域，

一个角度，一个视野，找到了一定的角度，一切就迎刃而解了。

我现在就是缺少“角度”。

在我的前苏格拉底阐释的工作中，很重要的是要找到海德格尔针对的问题到底是什么！不能光唠叨一个空空的“存在问题”，必须有更具体的、可以切入、触及得到的问题端口。

要形成有力度的论述的话，还是得深入希腊哲学，柏拉图和亚里士多德。但是光读他们本身又不行，得借助于后世的阐发。要古今来回读。

2010年8月26日星期四

我们的学院学术，强调所谓的学术规范，大量二手研究，始终在次等方面浪费时间精力，无法直接触及到根本问题。

2010年8月28日星期六

每一部分的写作，都要有一个主导词，可向纵深伸入，可往横向勾连发展。

像音乐的主导动机，因而有运动性、发展性。

2010年10月2日星期六

论文更重要的是 Horizont(德语:视域),是看的角度,视点,概念,观念,理念,范畴。

是这种一般性的东西对具体内容、论述的照亮。

但是做论文很容易弄成一般性的东西对具体的东西的统摄和支配。要做成发生性质的,互相交构生成、行路性的东西是很难的。

2010年11月4日星期四

行文在向外铺展"材料"的同时,要同时往里凝聚向中心。这是一个一体的、互反互成的结构与过程。就像呼~吸及其持续的绵延横亘。

而这个中心是一个 schwebende Mitte(德语:飘动着的中心),具有运动~静止之无限对冲(gegenwendig)的微妙性。

行文时,要时时通过材料之间的亲缘性交接和外拓,来把这个中心不断地打开,使它不断地移动,远离自己,亦即一种去—中心运动(或曰离—心运动)。在这种离—心运动中,又时不时地拉回来,回到中心,即向—心运动。短暂地向内聚集以后,又慢慢地放出去。如此无限运动。

在这个过程中,中心并没有耗散掉自身,但也无法得到“直接的”显示。它总是一种暗～示。即，一方面，它更加凝聚，更加黑暗、隐蔽，更加不可琢磨；另一方面，也更加切近，更加昭彰，时时时刻刻覆盖、环绕着整个文本。这个无法直接显示的中心，始终推动、支持着写作，是那个从之所出，向之所归的东西。

要不断练习才能达到这种行文技艺，因为练习带来熟练。

说尚且可能，行则需切实、耐心、坚持、毅力和勇气。

行文就像打拳一样。要始终专心致志，排除杂念，惟精惟一——这是很难的！要脱离日常状态，进入练功状态。行文中有起势、行拳过程和收势。拳打完，作品出来。而作品也同时就此成为了一个陌生化的对立之物（黑格尔！）。就像自己的小孩，既有亲密的连续，又有痛苦的断绝。

所以要把更多的精力投向如何写作，如何凝聚中心，而不是平面性、量化地收集材料。材料人人可见，是公共的，但是能不能写好文章却是要靠个人的精神聚集度的。

2010 年 12 月 3 日星期五

要限制自己的写作范围、主题范围、材料范围。要集中起来，做集中、深入的东西。有限性！

不要变成材料的散漫堆积。要聚集！凝聚！

看别人的研究文献，发现做论文就是用一个既定的思维框架来整理和安排材料。然而这是哲学吗？这是学院活动，满足学院提出的要求，符合学院的规范。这种学院活动的意义何在呢？这种学院活动如何产生的呢？

尼采是学院化的敌人。

2010 年 12 月 22 日星期三　冬至

我的论文现在需要化繁为简，需要相当程度地集中到几块大的部分。否则各个方面写起来规模太大，一部博士论文根本做不完。目前各个部分加起来可能要接近 15 万字了，而我的主体部分根本还没有写多少。

2010 年 12 月 25 日星期六

今天论文纲目有调整，更集中合理。

按我目前的规模，可能还要更集约一下。

我现在的阅读太细致了，在德国这段时间我应该更粗放地大面积阅读，回国以后再仔细打磨。

2010年12月27日星期一

要想不让论文变成单纯的对思想家的思想内容的复述，就必须以问题为主导。

实际上，海德格尔解释哲学史文本的时候，也是采用以问题主导的方式，所以往往显出暴力性，把别人的东西硬往同一个问题上拉，有欠耐心、宽容、合理、合宜。

写论文的时候，每一个小节、每一章，都要始终注意“问题”在哪里，抓住问题，把问题开掘出来。整部论文更是如此，要接近一个核心问题。

2011年1月2日星期日

博士论文的写作步骤。

首先是大范围的原著阅读，把阅读面尽可能地铺展开去。在这个基础上，到写作时，则要学会限制和约束。也就是说，先要能够放任无度地（masslos）撒出去，把界限拆开，放弃自身而浸没于文本之海，沉浮其中；等到渐渐熟稔于心，悠游自在，便可慢慢收束回来（gebändigt）并聚集起来（Versammlung）。它是一种自然之肆意狂野和人工之驯服限制的结合（亚里士多德的 hyle〔希腊语：材料〕加 morphe〔希腊语：形式〕？ hyle 加 morphe 意味着人文化成?)。

这种限制,是以一个大视野为背景的集中聚焦,因此它不是学院生产工序中对原材料的加工切割。它们的不同在于,在前者那里,那个混一的背景像星空一般始终隐蔽存在着,无处可逃;而在学院生产中,那些被切割掉的材料都被当成废物扔掉了,满地狼藉。

每一个具体的写作,都是一条道路。它从那个"混一的大背景"中来,又通向并回到那个"混一的大背景"中去。就像我们每个人具体的这条生命。因此没有任何写作是一劳永逸而能够严丝合缝地把握住一个整体的。每一次写作却又都是把整体劈开,从整体中开辟出一条道路。这条充满勇气和危险、因而要求着时刻的谨慎和踌躇的行进道路总是隐没在整体的昏黑混成当中。然而这样写作具有前提,即,对"整体",对那个"混一的大背景"有深厚的领会;海德格尔认为,其关键在于跳跃入一个Mitte(德语:中心),它是"无蔽的不动心脏"。

就像动荡的海水围绕着岛屿,写作时,无边界的、起伏不定的材料围绕着对它的限制。那些狂野的材料一遍遍冲击着你的限制,拉扯着你观看的注意力和行进的意志。你必须坚持,但又不能固执,做到进退有据,和柔守中。

对材料的限制基于判断(urteilen)和选择(lesen)。判断和选择,总是意味着区分(ent—scheiden)。即,区分强弱、主次、大小、轻重、先后——但这种区分并不僵化固定、一成不变，因为每一次写作，随着视角的改变（运动性！），都是一次重新开始（Jeweiligkeit）。每一个稳定建立起来的结构，就像尼采所描绘的汪洋大海，都会被全部打散，稍事整顿之后，重新再来。

写作就是学会制作一个完整、有界限的小宇宙，一个自成一体的生态系统。它因而要求一种政治家式的（导演、作家、乐队指挥、唱片制作人、学校校长、部门领导、一家之主）整体控制力。

2011年1月11日星期二

要认真、完整、耐心、仔细地以叙述的方式娓娓道来，不要漫不经心，不要着急，不要敷衍了事。这样才能让人读得下去。

要一步一步地走和写——但显然已经有一种原初整体性贯穿着，否则你走不起来，你是支离破碎地在蹦跶。这也是练功。行文和行路，是一样的。不要跳跃，不要偷懒，要有耐心，要缜密，直到不再是“耐”心，而是自然而然地发出。

要写可读的、顺畅的文字给人。就跟做饭一样，要做得细致可食，不要给人不能下咽的东西吃。

写作的时候要以唯我独尊的气势来写，要充分地凝聚起来。

2011年1月12日星期三

写作的时候切忌被动地跟在材料后面论述，这实质上就是不动脑筋的材料堆砌。博士论文变成哲学家文本的拼贴集。要主动性地以自己的思路来贯穿材料（材料的被动性，作为潜能。乾先坤后，乾坤相济。）——但是，这个“自己的思路”又不是单单出于主体意志之强力设定，而是跟随思想本身的进程并且拿捏各个方向的伸展可能性。

当然可以拿哲学家的文本来作为砌房子的砖块。但是这件事情的关键却是你有没有一张自己的设计图纸。房子造起来，能立住不倒，还遮风避雨，发挥功用，这需要依循那个自在的“规律”来设计建造。一座房子的站立和一堆砖块的堆砌，这两件事情有本质不同，虽然从质料上讲他们都是同一堆砖块。

而且，除了房子和散乱砖块之间的区别，一座货真价实的房子和一座伪房子之间也还有本质区别。很多研究者的书就是一座伪房子，它看起来是有“形式”和“逻辑关联”的。但仔细看会发现这个形式并非先在和统一，而是从大量材料本身的分类组合中制作出来的。这种形式是外在、人为粘合起来的形式，并非自成一体。伪房子当然比不上真房子，但是伪房子也同样不如那堆散乱的砖块，因为在真房子和砖块那里，都存着“真”，而伪房子，却以假乱真，不诚。在真房子那里，有一个隐而不彰的、像心脏一样跳动的、生生不息的中心，而在伪房子那里绝找不到这颗心。

更进一步，只要有心，只要那颗心跳动不息，那么大匠甚至就不再拘泥于任何外在表面的形式。随机应变，有无相生，而内里始终一贯，无有断绝。此乃生成变化的神道化境，心物合一，自由又自然。

2011年1月13日星期四

进入还是没有进入哲思的领域，这件事是有一些经验标记的。

比如说，你突然在心思并不那么集中的阅读过程中——不那么集中是因为没有聚集入一个焦点、中心之中，因而是在迟缓地跟读文字，而不是先行着(再次证明，海德格尔的用词都是极为切身的经验用词，都是可以实证的)——突然聚集到一个思想点上，你突然抓住了某个东西。就像一道闪电把一切照明，万物洞明如斯。这个时候突然一切都不一样了。整个人兴奋起来。你仿佛进入了一个一日千里的纯思领域。就好像一个穴道突然打通，在这个点上玲珑周转好不痛快。

这时候前浪推后浪，气韵流荡，且行且止，可进可退，自由有度。所有的力量聚集入一个“能”之中，一切力量又出自这个“能”。这是思想的魔力。

2011年1月16日星期日

要从一开始就以问题为核心，进入问题。记住，是从一开始。

2011年1月30日星期日

博士论文的写作是对整体综合能力的一个考验。

要综合大量的材料、文献、思路。要在混乱中清理出一个秩序。

它确实有如建筑设计师、乐队指挥、导演和政治家，总之是一个领导的角色。

指挥者必须能够抓住一个中心。而且要通过对各方力量的调动和整合，来实现这个中心。

但是博士论文的写作比做领导更消耗人，因为领导的人和实际干活的人，都是你自己。你不仅要指出方向，还得自己动手。

2011年1月31日星期一

要时刻注意把握关节。把关节突出出来。不要把论文搞成平均化的一锅粥，要有强弱。

而这些关节点就是生发的点，像论文中的引文一样，要让其生发，赋予其空间。不是引一段文，然后没话找话地分析。引文是孕育性的。引文是一种密集的向内聚集，分析则是打开、离心、铺展、漫游。

2011年2月7日星期一

Y说我的论文表达有形式逻辑错误。我自己再仔细读，确实如此。我的语句的所指是含混不定的，常常有混淆概念的情况出现，语词涵义随着自己模糊的意指而漂移。

写出逻辑清晰的文章是很费力气的。论文写出来还得狠狠地审查和修改。

但是这里面还有更复杂的问题。

比如现代汉语本身的逻辑，和古代汉语的不同，和西语的不同。

而且我在注重表达的严谨性的同时，要注意不要被形式逻辑的表面上的清晰统一所蒙蔽，挫伤了事情本身的真理。

2011年2月9日星期三

因看待海德格尔论翻译的语段而想到论述的“立体性”。

海德格尔在各个时期和各个地方都论及翻译是一种解释。但是如果我把这个东西变成同一个主题之下的海德格尔文字汇编，它就只是一个平面性的材料收集，它有宽度没深度。

而这个深度如何拉出来？这就要牵涉这个主题背后的一层一层的问题旨归，还要牵涉其它主题的问题。

论文必须要进入一个“思想的立体空间”。上下左右，纵横交错，编织。这样一个立体空间是一个氤氲变化的生成空间。

2011年2月11日星期五

理解问题的产生，问题的背景，是更根本的。要时刻思考海德格尔在面对什么问题，解决什么问题，通过什么方式解决。

2011年2月16日星期三

在差异中观察：

海德格尔前后期解读早期希腊的差异，具体到解读一个人，一条残篇的差异。

海德格尔和其它人解读早期希腊的差异。

差异与发生。

先要写出一点东西，不管好坏。先要有一点相对固定的东西落脚下来。

这样就有了可措手的点和面。在此基础上不断修改、打磨，甚至在修改的过程中将原先的结构全部打破，重新生成，更新，一变而达到一种更原初生成、切合事情的结构。因新生之物而脱去旧皮。

2011 年 2 月 17 日星期四

写论文不仅要注意内容，更要注意方式。一样一些内容，可以讲得很有意思，可以讲得很无聊。

海德格尔的文本材料大家都看得到，是公开的。但是在论述中却显出了差别，有人能看到问题，有人只是在复述。

2011 年 2 月 28 日星期一

我做论文（“做论文”这个词比“写论文”更好。“做”有研究、制作的含义）要越来越集中，思想的集中，材料的集中。要往思想的深度发展，不能往平面性的泛度外扩。

比如现在这个开头，一会儿想到柏拉图辩证法的运动，一会儿想到亚里士多德那里的运动，一会儿想到维特根斯坦的后期风格。这样平面性的、模式性的寻找不是好的思想习惯，要在一个点上往下不断深入。要集中在一个人，一个问题上挖掘。

海德格尔并不把柏拉图、亚里士多德等等各不相同的东西搅到一块。

2011年3月18日星期五

博士论文是潜能而非完成。它指向各个可进一步延伸的方向。它不是一个定型的、封闭的完成。博士论文有其取舍、限制和侧重。有很多、太多引而未发的东西等待以后的伸展、变化。

2011年3月19日星期六

海德格尔是非常强地坚守自己的立场的,他的解释都有强烈的目的性。因而会导向解释暴力。

但是其他学者的解释往往有客观史学的毛病。把巴门尼德的教诲诗预先当成一个可客观把握住的现成对象来研究。

这两种方向呈现张力。这一种是哲学态度,后一种是史学态度。

海德格尔批判客观史学的理由是,其出发点就错误。因为它不是为了倾听伟大哲学家的教诲,而只是为了进行"学术研究"。这一点继承了尼采的肖像史学批判。

但是两个方向的张力需要平衡,任何极端地偏向其中一方都是愚蠢的。哲学解释如果不是任意发挥和暴力强加，它就必须注重史学研究。另一方面，史学研究如果不丧失意义，它就必须关注精神性的东西。大小之间得协调。

这在中国思想传统里就是今古文学之间的张力。

2011年3月20日星期日

做文本笔记很有必要。虽然在做的那个当下，有点痛苦有点无聊，因为看不到整体和其中的意义关联。但是做完以后，隔一段时间再看，很有助于对一些问题的发现、理解和抓取。

做文本笔记是一个把"内在"思想客观化为物的过程。帮助自己把内在的东西外在化，对象化，从而更加客观、公开、公共。

在私人内在中很难发现问题，在公共性中问题容易突显。教学相长也是这个道理，在一个教学公共域中，问题更易暴露。

2011年3月21日星期一

今天是春分。距离去年立春开始动笔，已经差不过过了一年零二个月。我现在在写的文档里已经有了10万字，再加上其它零散的部分，估计起码有15万字。

大体来说，现在的状态和程度还算满意，但是显然还有很大的提升空间。这个提升空间一方面是整部论文的核心点的集中，另一方面是整个思想质量、论文规格的提高。后者不能急，因为这是整体思想水平的水涨船高，是时间中的累积。

2011 年 3 月 23 日星期三

为写文章而读书的一个好处是，它逼得你一遍一遍地去读同一个文本，直到读出东西来，就像从石头缝里读出泉水。

像今天就是，前两天搞阿那克西曼德解释，搞得一片僵死。刚才晚上随意翻海德格尔全集第 51 卷《基本概念》，讲到 Anwesung（德语：现身出场，在场）。想到应该抓住这个词来观察海德格尔的整个解释。

这件事还表明，灵感和想法的闪现，往往是在你离开原本纠缠太深的东西的过程中出现的。因为这时候你慢慢得到清空，有一种全新的眼光、在抽身中返身回去来看待原来的东西。在这个过程中会有一些东西发生出来。

2011 年 3 月 25 日星期五

文章写作中决定性的东西绝对不是对思想家的学说的准确报告。要说准确地话，那还不如直接复印一遍来得准确无误。

它也不是把思想家的文本打散了重新排列一遍。被你重新排列一遍的东西会比原来的东西更好吗？

一，这里事关“理解”。理解，是一种发生，是领会。领会是一种非语言的发生状态。语言的言述反过来依赖这种非语言的领会。而理解是一种刹那性的整体聚集。就像进入一道门，你是作为整体进入其中的。

凭借这种整体领会，才可能进行文章写作。而文章写作的过程，是对这种整体领会的展开、保存和一次次接近与揭示。

二，你作为原作和读者之间的一个中介。你的任务是转告读者，原作者讲了些什么。一个好的转述者，由于他是人，就必然经过了自己的一种会通和理解（而会通和理解必然是一种强弱、主次的突出和选择。必然是一次当场的演绎。它不是唯一的一种演绎方式。它可以和其它种种可能的演绎方式并存。但每一种演绎，其目的都是为了通达和展开原作，都有其束缚性和尺度。只是这个尺度不是固定不变的、现成的。），然后再完整统一地对着第三者讲述出来。

2011 年 3 月 27 日星期日

我觉得我一方面要细读海德格尔文本；另一反面还要大刀阔斧地阅读各种文献和其它哲学著作，这样才能开阔阅读面，把更多优秀的东西找出来。

来德国不就是要多读这里的著作，多找出一些好东西带回去吗？

2011年4月6日星期三

写作时一定要先把握几个核心思想，把大量材料简化到3个核心之内，然后再从核心中发展出各种具体论述。这样整个写作才有条理和线索。

把事情做到最简单易懂。

但是这容易变成模式化，变成用几个范畴来表象材料。不过写论文一开始必须这样，否则就是复述内容。必须先抓住核心思想，把这些核心思想搞懂、搞活。

2011年4月7日星期四

关键不是收集海德格尔的各种说法，而是选用一些特定的内容，来展开思想本身，令思想回环演进。

2011年4月8日星期五

要首先抓住大的方面，这样才不会失去方向，才不会盲目。然后在小的地方多做发挥。如果能够做得好，让大小两相交融、推荡，如果功夫不到家，就抓大放小。

2011年4月9日星期六

先快速抓住主要文本的几个核心问题。确定下来。然后大量读文献，寻找思路，在这里就是为了读文献。海德格尔的文本哪都可以读。要抓住地利。

2011年4月14日星期四

西方人写论文往往是观念加材料。一种主体性的东西。做得好的话能进入那种主客交融的“原发”领域，但这是很少见的。菲加尔的东西有这样的苗头和心向。

中国人做学问根本不是要你强行树立自己的“观念”。而是在经典诵读中涵养孕育，化入己身，在岁月的变迁中慢慢求其融会贯通。这是生命的学问，而不是观念的智力游戏。

2011年4月15日星期五

现在博士论文有两种做法。一种是限制在海德格尔思想本身中，旁参以思想史的视角。另外一种则是打开在思想史的脉络中，去讨论海德格尔思想。我现阶段更倾向前一种做法，因为这样更扎实、可靠。后一种做法必然是读大量研究文献以后才能形成思路的，这势必会相对地减少研读原著的时间，在论述上会犀利痛快，但是细节上缺乏厚度，不精微、亲切。

讨论一个东西，亲切还是不亲切，这是一眼就可以直接看出的。而达到亲切，没有其它路可走，就是大量而又仔细地研读原著，在原著中濡染浸润。

虽然我每每有跳出海德格尔，在思想本身中纵横捭阖的冲动，但显然目前阶段功力不够。在现阶段，还是以研读海德格尔原著为主，务求扎实稳固。此后可再慢慢扩展。

2011 年 5 月 7 日星期六

中文的海德格尔研究文献必须全部阅读过。

一个是寻找他人的启发点；另一个是避免重复的论说，强调以前没有注意的东西。

2011 年 5 月 14 日星期六

只剩两个半月了。从现在开始我要咬论文最硬的部分，找论文最困难的地方做。不要畏难，每天坚持必有收获，要有足够的耐心。

论文要加速，上一个台阶，要寻找概念，进入概念本身的演绎运动。

2011年6月2日星期四

一部论文,其神明乃是一个思想核心本身,而其骨骼乃是论文各部分的逻辑性展开。

逻辑乃是论文的骨骼,是刚性的东西,它起到了最坚固的支撑作用。没有它论文就是舞文弄墨的花拳绣腿,是不堪一击的豆腐渣工程。

写论文必须首先树立起严格的、更严格的逻辑架构。这是"质"的方面。

我的论文目前在这方面还是太弱,必须不断加强。

2011年6月8日星期三

一部博士论文作为"境"。

博士论文就是制造出一个完整自足的"境"来。而这个"境"的制造是以大量而精深地研习以往经典为基础的。

经典和论文的关系可视为体和用的关系。用总是时机化生成。体则是一种潜藏不发的 dynamis(希腊语:潜能)。随着"用"的每一次实现,"体"更加深不可测。"用"张开了"体"的广阔空间;"体"支撑着"用"的自由发挥。

2011年6月10日星期五

一读起英文文献就感觉速度和密度在降低。英文不适合哲学,因为英文没有深度。

英文是一种比较清明节制的语言,它不具有德语的阴沉、晦暗、渊深。

更关键性的东西,是对一个思想空间的打开。这样一个思想空间是有纵深、可悠游的,是运动性的。平面性的论述会把论文变得非常无聊。得跌宕起来。

但是如何打开呢?似乎要看机缘,要在思考的过程中等待某个角度自行展现出来,所谓的"灵光乍现"。

2011年6月14日星期二

关键根本不是对哲学史知识的掌握,因为对每一个问题的探讨实际上都是没有尽头的。如果这样做会越来越迷失的。所以关键是我自己的问题是什么,我的大方向是什么。

这是我的论文一直困扰着我,让我搁浅的地方,因为它始终缺少一个贯穿的思想核心。让整部论文运动起来的东西。

2011年6月20日星期一

每一部分内容都要有清晰的思想观念在大方向上作出指导,否则会变成材料堆积。

2011年8月25日星期四

我觉得我读了太多的研究文献,导致思路被淹没,漫无方向,重点不突出。

现在论文收尾,应该集中于自己的思路和某些文献,不能再读太多了。

2011年10月30日星期日

写作提示:尽量把带有大量内容的注释以行文的方式放进正文,这样可以带来流畅的阅读效果,不致文气淤塞。

写作需要耐心,即便我目前没有能力写"书"。

2011年11月9日星期三

写博士论文的内核是一个思想线索、结构、问题。而这个内核的核心则是自己对这个问题的看法、立场。只有自己的立场确立了，才能拉开距离、敞开空间，由此出发进行左右辨析。

2011年11月13日星期日

要增强论文的可读性。1，语言表达上要有力、准确。这意味着我要把每一部分写作的问题和思路都确定得很清晰。每一部分要有一个简短的纲要把内容说清楚。这是骨架。在此基础上，注意具体写作时的游刃有余、辗转腾挪和控制。2，注释不要冗长，尽量结合到正文中。冗长的注释会阻断阅读的连续性。

为了写文章就不能太抠文本，否则思路会滞涩不前。尤其是海德格尔的讲稿，它不比真正的著作，可以一而再地反复阅读。写文章首要的事情是理通自己行文的思路，必须要以我为主才行。否则就死掉了。

经典的一大标志就是可以反复阅读。卡尔维诺也是这么认为的。

之所以可以反复阅读是因为经典中蕴含着不可穷尽的东西。每一次阅读都能带来收获，都能出现一种以前不曾留意的新东西。因此经典在这个过程中显现为一种不可完全把捉和控制的宏大之物。它不是解释的缺陷和恼人的需要克服的东西，而是经典之活力的证明。

2011年11月20日星期日

一部博士论文必须要有洞见才行，否则就是无意义的东西。

每一个章节也要有洞见，然后筹划如何在行文过程中展开这个洞见。

2011年12月4日星期日

写作是否深入，思维是否贯通是有标志的，即你是否写得平安和有活力。如果你写得心情越来越乱、越来越坏，说明你的思路没有合辙，你在人为造作中艰难前进。

认真地写作，认真地生活，这是我对得起自己，对自己负责的最好方式。也许是唯一的方式。

在认真中不会有后悔。认真是一种贴近地面的状态。

2012年12月11日星期二

论述一个哲学家的思想是基于对这个哲学家的思想的经验。没有这份切身的经验和领会，论述就不贴切，就只是外在描摹。所以我现在无法谈论尼采、柏拉图和亚里士多德,因为我缺少对他们的哲学的切身经验。经验是通过长期阅读得来的。

对哲学家的思想的经验就像土壤,是支撑着你进行论述的东西。有这份土壤,你才有一定的底气可以认为,你不是在仅凭个人的揣测和理解力来胡说八道。

2011 年 12 月 22 日星期四

一部论文的“形式”是很重要的,从章节安排、各个小标题到字体、行距、希腊文格式等各方面。

形式不仅仅是形式。形式意味着那种显现在外的、面向他人的公共物。形式与公共性。

从无形式到形式是一个从开始到终成的过程(元亨利贞)。但是其中始终起主导力量和贯通力量的是“元”,是开始。开始是无形式的,是一股无形之气。这股无形之气必须走过一段发展、丰富的过程,最后聚集在某一个形式中(太黑格尔?)。

但是如果把事情倒过来做,把结果当成最重要的东西,从最终的形式出发,就会变成“形式化”。写作中的元魂——那团无形之气——丧失了。这样一来就好像一个人没有了精神,成为行尸走肉,徒有其表。

形式和无形式有冲突。形式很容易伤害无形之气,将它绑住、切割。形式原本应该成全无形式，但情况常常是形式让无形式不自由，削足适履。能从饱满的无形式出发，走向一个浑然天成的形式，意味着真正的作品的生成。

现代西方思想，似乎还没有能力进入最终形式，因此也还没有真正意义上的“作品”。这或许是，那团元气不够饱满的缘故？此中藏有怎样的秘密和命运？

后记

2009年9月至2011年9月，我在德国弗莱堡大学哲学系访学交流两年。这是海德格尔学习、工作了一辈子的大学，也是20世纪初由海德格尔的老师胡塞尔所开创的现象学思潮的大本营。每一个做现象学的人，都对这里抱有一种憧憬。

在德国留学的两年，我住在离弗莱堡30分钟车程的一个叫Bollschweil的山村里。和很多其他德国村庄一样，那是一个静谧、美丽的地方。有时候从学校回家晚了，雾气四起，在明黄灯光中，竟像走在仙境。

此前我从不知道这个地方。后来，导师孙周兴先生的朋友特拉夫尼(Peter Trawny)告诉我，二战后有一个著名的女诗人叫Kaschnitz，生前最喜欢住在那里。我的邀请人Gander教授则告诉我，马克思的孙子Werner Marx曾在那里居住。有一次还听一个从清华过来留学的法学博士说有一个非常著名的法学教授也选择住在那里。他说，Bollschweil 真是一个卧虎藏龙的地方。

Kaschnitz 这个女诗人受到海德格尔的赞美。女诗人非常热爱 Bollschweil，专门写有一本有关 Bollschweil 的小书《对一个村庄的描写》(*Beschreibung eines Dorfes*)。海德格尔曾把这本书当作圣诞礼物送给他的朋友。后来，我私下里给 Bollschweil 配了一个有点过度雅致的中文名字，波诗婉尔。因为 Bollschweil 不仅有一位女诗人，还有一条小溪。小溪有一个闪光的名字 Möhling。我的室友 Trudi 说，在北欧语言中它的意思是洪水。我曾一度想，如果我以后有一个女儿，就给她起这个名字，让身在中国的她同一条遥远的德国小溪产生奇特的关联。

作为在哲学系工作的青年"学者"，我并不特别喜爱和享受学术论文的写作。但是从 2008 年开始，我在电脑上写大量的思想札记，几乎是每天。它们是我人生和阅读过程中的"风景速写集"(维特根斯坦语)。在札记中，思想和表达更加不受拘束，更加直接，因而更加贴合我想要说的东西。我的电脑里如今有约七十万这样的文字，这本小书便出自如此性质的札记。

人是和时空环境呼应的。相应的时空环境生产着相应的心境。海德格尔称其为 Stimmung(德语：心境，情绪)。回国后，时空环境改变了，我发现自己再也回不到德国那两年的 Stimmung 之中。随着时间的推移，我渐渐认识到这些文字具有一种独特性，它们是特定时空条件下的产物，带上了彼时彼地的“晕圈”。

在德国的两年，我的生活围绕着博士论文的写作展开，简单而丰富。除了完成博士论文主体部分的写作之外，因为在写作过程中经常会发生很多感慨和体会，我还同时写了一份论文写作日记。一边写作，一边对写作本身加以观照。和德国札记一起，它们都是对德国两年的生活的见证。这份写作日记最初以“七种白”为名发在了网上。工作以后，经常碰到别人告诉我说他们读到过这些文字，尤其是我们同济哲学系的学生们。我想，把这份写作日记一并出版，既是合适的，也有一定的价值吧，它曾鼓励过一些人。

这本小书的文字本来并不是为出版而准备的。在出版过程中，我对所有文字进行了检视，修正了一些不恰当的表达，隐去了部分真实姓名，添加了一些必要的注释，但是总体上它仍然保持其为札记的原本形态。当然，因为不是为出版而写，它们会带上相应的缺陷。最大的缺陷便是缺乏特定的形式塑造，显得粗糙。随手写下的文字，未经反复琢磨。而且，当初的一些想法对于现在的我而言，也未必是毫无保留地同意的。不过，有时候，粗糙的真实或有它的动人之处？小鸟习飞的那种努力、坚持与心向，是在一生的飞行过程中最美妙的部分。我想，这也是德国人重视“成长小说”（Bildungsroman）的原因吧？

若当初那份纯粹的心意终始不改，那是多好——以此与生活和思想道路上的习练者们共勉。

因为不是为出版而准备，这些文字原本只是以“德国札记”的名目在朋友们中间传阅。临出版之际，看到《楞严经》卷六的一段话：“若诸比丘，心如直弦，一切真实，入三摩地，永无魔事。我印是人，成就菩萨，无上知觉。”深为喜爱，遂拈出“心如直弦”四字，用以代表日记体直接记叙的风格。这四个字也呼应着福柯在最后思想阶段所强调的希腊人在真理实践中秉持的 parresia（希腊语：直言，坦白）观念。parresia，坦率地说，无所伪装地说。在福柯看来，parresia 的话语带有简单和透明的特征，“它必须像纯净的水一样简单，真理必须从中流过”（福柯，《主体解释学》）。

感谢职烨，感谢海鸥，感谢叶沙，你们是少数几个最初的读者，这令我骄傲。最特别的感谢要给我们共同的老师，张老师。这绝不仅仅是因为张老师曾在课堂上评点过其中的部分文字。

张振华

2015 年 9 月初拟

2017 年 6 月改定

图书在版编目(CIP)数据

心如直弦：一个青年学人的德国札记/张振华著.—上海：上海三联书店，2018.1

ISBN 978－7－5426－5964－4

Ⅰ.①心… Ⅱ.①张… Ⅲ.①散文集－中国－当代 Ⅳ.①I267

中国版本图书馆 CIP 数据核字(2017)第 171450 号

心如直弦——一个青年学人的德国札记

著　　者／张振华

责任编辑／黄　韬
特约编辑／职　烨
装帧设计／周安迪
监　　制／姚　军
责任校对／张大伟

出版发行／上海三联书店
　　　　　(201199)中国上海市都市路 4855 号 2 座 10 楼
邮购电话／021－22895557
印　　刷／上海盛通时代印刷有限公司

版　　次／2018 年 1 月第 1 版
印　　次／2018 年 1 月第 1 次印刷
开　　本／787×1092　1/32
字　　数／150 千字
印　　张／8.375
书　　号／ISBN 978－7－5426－5964－4/I·1248
定　　价／35.00 元

敬启读者，如发现本书有印装质量问题，请与印刷厂联系 021－37910000